U0858447

王斯琴诗文钞

钟叔文题

王斯琴◎著

浙江工商大学出版社

東坡才氣聚錢塘
飛夢不辭雲路長
煙鄉斯公集什滿
一湖秋月採詩囊

斯琴文詩集付梓

李汝倫 二〇〇三年六月

李汝伦先生赠诗

一卷聊齋志鬼狐荒烟冷月照庭蕪
亦癡亦慧情堪掬似幻似真事未殊
顛倒人妖尋異趣因緣文字引同途
名推說部傳天下亭樹青青總不枯
重建青柯亭題句
一九九七年十二月 王斯琴詩 范無傷書

范无伤书诗碑

九十春光黯淡過故
園風雨落花多鶯聲
已老憐餘韻蝶夢將
殘悵逝波猿鶴蟲沙
歸寂寞江山人物付
吟哦明朝欲再登金
頂海日迎眸發浩歌
歌哭無端任自由茶
烟一榻更何求新詞
欲寫情還懶舊夢思
尋意復休塵影已隨
流水逝心痕猶似片
雲留崖前尚有離人
淚盼盡歸帆到白頭

謹書王斯琴詞長自況二律寄
我同懷爲先生九十壽誕補璧
壬午立冬日孔汝煌寫于寓

孔汝煌书作者诗作

看雲、滿山烟樹望淒迷中有林禽自在啼此際情懷誰解得
倚樓愁看白雲飛落葉、又覺秋聲到耳邊卧聽落葉打
空簷聲、似作離人語多少離人夜不眠乙未除夕、歲盡天
寒尚未歸聊將隻語慰相思但看雪盡冰消日便是春雲
再展時晚登吳山、江流隱約白雲迷鳥語初喧人語微萬瓦煙
浮映晚月一城春色綠楊低登長城、激蕩風雲變古今摩龍
鏖戰血猶殷河山帶礪從頭整永為人間開太平紅豆、折碎
珊瑚認故枝拋殘紅豆絕相思藍橋春汎愁何似碧海秋心怨已
遲締約三生終語妄魂凝片石感情癡可堪人靜花香夜誰與燈前
伴讀詩　王斯琴先生詩集付印錄其詩以誌賀

晚學俞浣萍
癸未夏

俞浣萍书作者旧作

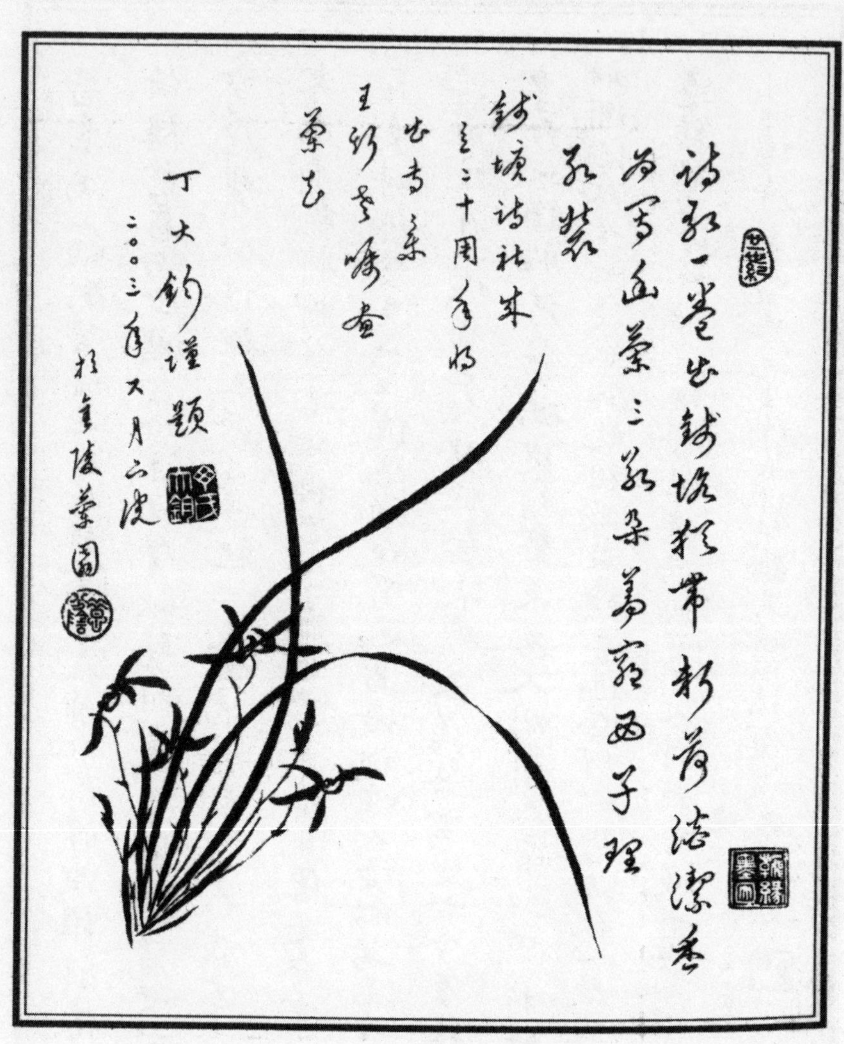

诗歌一卷出钱塘，犹带新荷淡洁香。

为写幽兰三数朵，羞窥西子理红装。

丁大钧作

题自选集

錦瑟空憐讀淚詞
任他人說識情詩
嘔乾心血都無悔
萬死難償一點癡

癸未初夏
一如聶新琴

作者手迹

秋夜 010
西穆坞访魏大坚诗翁 010
和刘异云兄踏青一首 010
沈园志感 010
清晓曲院赏荷 二首 011
赠赵德煌 011
促织 011
听钟安民女史弹筝 011
雁荡情侣峰 011
读曹天风先生《水平集》 012
忆四十年代记者生涯 012
亦有 012
苦热寄大风 012
龙门 012
寄周一弘兄 013
访嘉兴血印寺 013
戏赠王树声兄 013
纯华四十周年祭 013
昨梦 013
缄宗文旧友 018
访富阳龙门镇 018
春归四绝 018
哭徐通翰兄 四首 019
痛悼吕千飞兄 四首 020
诗心 020
读史阁部集 020
钱塘诗社抱朴庐雅集 021
题影 021
乞陆九畴兄书红梅 二首 021
为袁显明律师题红梅图 021
初阳台送别姚征峰同志 021
偕雯雯寻访三生石 022
有忆 022
题三峡图 022
送别周西林馆长 二首 022
枕上闻歌《我的中国心》 022
安溪访姚今霆同志 023
赠杭师院中文系八〇届同学 023

录

毛序
罗序
自序
赠诗
绝句

上卷

答客问 二首 008
白堤即景 008
鹳山双烈亭 008
题与何笑男雁荡合影 008
秋心 009
题《霜叶集》 009
湖滨春夜独坐 009
秋思 009
花港晨曦 009
题李经纶先生新作 009
春晚 010
有忆 013
苏小墓 014
飞来峰 014
观《魂断蓝桥》电影 014
电影《原野》 014
瞻谒文天祥纪念馆 014
于公祠访旧 014
与小蘅妹同游圆明园旧址 015
与王树声兄游天坛 015
参观南山路聚景园菊展 二首 015
南游十绝句 015
欣贺杭师建校八十周年 017
有寄 017
玉泉晨茗 017
鸡声 017
寄台湾殷作桢兄 017
子陵钓台一绝 018
晨眺 018
桥畔 018

七夕 028
客居临浦除夜 028
淳安夺煤 028
寄镇武兄 028
《聊斋》夜读 028
卖书 029
中秋 029
何事 029
种蕉 029
《幺弦集》题后 029
北山扫墓 029
自西坞返杭游湖 030
被拔白旗移居粮道山 030
烟霞洞 二首 030
东坡纪念馆题词 030
云栖待友不至 030
赠青田以勒阁主人 031
登春江第一楼 031
龙井即兴 031
赠何笑男女弟 036
中华诗词学会成立大会席上作 036
谨和熊盛元弟原韵却寄 036
九二年贺卡题词 037
贺陕西诗词学会成立 037
谢台湾越公赠诗并寄近影 037
奉题香港唐璧珍女史画册 037
谨贺《萧山旅游》创刊一周年 二首 037
登四照阁 038
玉泉雅集 038
雨后红心玉兰犹盛 038
花港观赏牡丹是日寒意袭袂 038
惜春 038
春暮 039
淡日 039
过金陵 039
红梅 039
白堤晨眺 039
贺四川省诗词学会成立 039

论诗三绝 023
与赵德煌兄夜访雁荡夫妻峰遇雨 二首 023
题旧照 黎央还我珍藏四十年前小影，故友情殷，自悲老大感书一绝 024
江心寺谒文信国祠 024
旧梦 二首 024
贺程光同志新婚 024
普陀纪游 024
招凉 025
观映《二泉映月》 025
瑶琳杂咏 三首 026
贺内山加吉八十寿庆 二首 026
题闻一多先生木刻像 026
老少年盛开弥饶秋色 026
粉碎「四人帮」有作 027
初夏携雯雯游湖 027
中秋夜无月丁文中等来奏吉他 027
答商希辂同志 027
宝石山天开图画题壁 027
访王村祖居 三首 027
登黄山天都峰 031
追凉 031
灵峰访梅 031
一九五五年云栖学习 032
乙未除夕 033
晓登吴山 033
听卫仲乐琵琶 033
题梅鹊图 033
送爱生去沪 033
闻内战又作 033
湖楼 034
登长城 034
过菜市口 034
闲居两绝 034
「茶人之家」品茶诗会 二首 035
雁荡题壁 035
浙南某县村郊所见 035
苏堤夕阳图题寄台湾少怀老友 035
狮虎云龙茶品四咏 036

大风孙鲤兄嫂金婚志贺 045
谢李汝伦兄惠赠所著《蜂蝶无缘》 045
题画 集元遗山句 045
阑干 045
据电视剧《逃之恋》主题歌意偶成四绝 045
题赠仙羽茶庄主人 046
赠宗文五三届校友 三首 046
时方春暮报载里湖一角新荷已放 046
喜迎新纪 047
游醉翁亭 047
春逝 047
开箧 047
《墨人诗词诗话》读后 047
与杭师院旧友欢叙楼外楼即席赋此 047
刘操南遗稿编竣 048
雷峰塔重建 048
宿天台高明寺 三首 048
悼周本淳诗翁 048
己巳暮秋重游富春江 三首 049
赋闲 054
迎刚夫先生回大陆探亲 054
访西泠印社 055
题龚自珍纪念馆 055
贺《当代诗词》创刊十周年 055
悼念俞平伯诗翁 055
庚午初冬偕雯雯游桐庐 056
红豆 056
读《红楼梦》 056
重到平湖 056
癸酉富春诗会 057
包销 057
谒钱镠墓 057
浙江老教授协会成立 057
蟹宴 杭州某宾馆以菊花蟹宴登报招客，每席有价至一千二百元者 058
赠王树声 树声南来，诸友邀叙于玉泉茶室，是日秋雨淋涔，凉意袭人 058
钱塘诗社湖畔雅集 058
夜读邓选 059
明道弟周甲之庆次韵奉酬 059

灵峰道上 040
贺钱塘诗社第三届年会 040
悼念张冬心先生 040
新秋 040
题自选集 040
千岛湖纪游 040
舞罢 二首 041
宗文五三届校友欢叙杭州 二首 041
读《朱淑真集》 042
观电视《梅剧洛神》二首 042
夜雨初收湖上诸峰隐现如画率成一绝 042
赠浙一李毓敏医师 042
丙子中秋 042
丁丑贺岁 043
过跨虹桥旧居 043
题照 043
丁丑秋日重到安吉灵峰寺 三首 043
己卯春塘栖纪游 044
八五自寿 044
赠蒋小娥 049
题明道弟《友声集》 049
湖楼新夏 049
归燕 050
雪夜 050
与唐宇振径山问茶 050
钱塘诗社建社二十周年志感 050
东天目即景 050
敬和廉吏况钟饯别诗原韵 四首 050
乡情 二首 051
秋瑾女侠殉难八十周年 二首 051
端阳 二首 052
为纯华题照 二首 052
湖居初夏 052

律诗

感赋两律 053
仙山院怀古 053
寄大风 得大风兄书欣喜欲狂，去别已四十余年矣 054
欣得越公台湾来书 054

雁荡道中 064
敬贺敬文师九秩华诞 064
壬申饯岁之作 065
题《鸡鸣早看天》图 065
秋夜 065
壬申秋与大风重访荆山 065
题邮 066
与郁淮同志游新昌大佛寺 066
子陵钓台志感 066
登青田太鹤山 066
九十年代岁尽抒怀 067
五云山赏古银杏 067
观电视剧《啼笑因缘》 067
重游富春江一首 067
瞻谒弘一法师纪念堂 068
欣闻尊重人才号召 068
甲子除夜 068
读董大闲学长遗诗 068
西施 069
重建青柯亭题句 074
香岛回归前一日与汝煌浣萍诸友小叙于孤山一片云畔遇雨 074
香港回归有日喜赋 075
丁丑暮春赋此寄意 075
丙子新秋与汝煌墅园茗叙 075
丙子冬至前半月游莫干山 075
克林顿总统访华夜抵西安 076
纪念谭嗣同殉难一百周年 076
秋夜 076
秋意 076
春思 077
春日忆远 077
戊寅元日偕雯雯登玉皇山 077
世纪回眸 077
有客来谈白门旧事时经半纪心影犹存因赋一律志慨即寄越公吟正 078
丁丑仲秋谒大禹陵 078
己卯初夏杭市汛情告急夜难成寐 078
己卯除夜 078
别绪 079

丙寅初夏与孙子良兄登吴山 059
退休前与程光等花港茗叙 059
故宫 二首 060
谒女侠秋瑾墓 060
谢大风兄 060
丙寅秋与德煌夫妇葛岭赏雨 061
鸦片战争一百五十周年 061
瞻谒马一浮大师纪念馆 061
与程融钜同志伉俪烟霞洞避暑 061
春深 062
辛亥革命八十周年 062
凤凰山宋宫遗址吊古 062
贺大风兄孙鲤嫂银婚大庆 062
沈园感旧 063
春思 063
与王树声兄参观曹雪芹故居 063
戊辰暮春呈敬文师 063
云栖放生池畔忽有所忆 064
再书《红楼梦》后 064
答镇武兄即步原韵 069
雁荡 069
偕君岳雯雯游莫干山 069
甲子岁朝遥念台湾故旧 070
携雯雯游天目山 070
壬戌除夕寄一弘 070
与大风重逢湖上 070
《没有下完的一盘棋》观后 071
感事 071
读史 071
遗怀 071
题赠嵩山少林古寺 072
乙亥春暮 072
忆远 072
伤逝二首 072
偶作 073
登白荡海五楼新居 073
浙省老年大学赏菊诗会 073
大风戏署拙居为望海楼并促题句漫成一律 074

读《三草集》 纪念聂绀弩诞辰一百周年 085
应朱为民邀赴恒庐作消寒茗叙 085
癸未元日 085
壬午中秋 085
瞻谒翁同龢纪念馆 086
癸未岁朝 086
读《姚鹓雏诗词集》 086
雍和宫观礼 086
读《董竹君传》 087
悼念张学良将军 087
为住在杭州之新口号而作 087
临海宾王阁 087
答赠胡琴伯同志 088
读《彭德怀自传》 088
登吴山极目阁 088
与雯雯游龙井 088
与磐磐雯雯阿东冒雨游南屏 089
聆大关小学乐队演出 089
悼许炎 089
欣贺浙江省诗词学会第四次年会在青田召开 094
癸酉岁除 094
辛亥女侠尹维峻夫妇尸骨抛荒四十载近始得葬以诗志悼 095
再到淤潜 095
丁丑夏与蒋杏沾兄及罗仲鼎伉俪莫干山赏雨 095
故宫九龙壁 095

古诗

我是中国人 096
老骥吟 097
二〇〇〇年西湖博览会之歌 097

词

踏莎行 集珍斋雅集谨步草君女士原韵 099
卜算子慢 春日湖上寄远 099
满江红 迎亚运 颂国庆 100
扬州慢 以词代简寄我怀人 100
水调歌头 庚午中秋 100
满江红 寄台湾故旧 101
菩萨蛮 奉和朱渊翁春游纪事 101
附朱渊词一首 菩萨蛮 辛巳春分后二日偕琴翁访徐钦耀纪事 101

己卯中秋时台海形势渐见缓解 二首 079
丁丑岁朝抒臆 二首 079
丁丑春节后五日偕雯雯同登吴山 080
贺《江西诗词》创刊十周年 080
秋思 080
南普陀五老峰相思树 080
端阳 081
丁丑岁暮 081
张抗抗著《赤彤丹朱》读后 081
玉泉公园初夏 081
墅园赏白芍药 082
据《雷雨》剧主题词意用伤蘩漪 082
丁丑岁除 082
蜀游 四首 082
重到金陵 083
庚辰春冒雨谒中山陵 084
参观嘉业堂藏书楼 084
庚辰暮秋偕雯雯游烟霞洞 084
何处高楼 084

海宁观潮 089
杭师旧友西泠聚餐 090
谒张苍水祠 090
云栖学习 090
倩魂 090
游颐和园 091
壬申初春与程融钜赵德煌等老友同游钓台 091
填恨 091
七九初度 091
重游雁荡 092
中华诗词学会成立献辞 092
感事一首 天津某制品厂引进设备露置三年成为废铁 092
灵峰道旁早梅一朵凌寒独放 092
己巳年元夜 093
己巳迎春试笔 093
金华诗会贺诗 093
与何笑男女弟同游冰壶洞 093
海湾近事 094
电视《粉墨情痴》 094

赠杭州市老年大学诗词研究班学员 二首 113
贺岁卡系辞 114
西坞农场梦见如璋 114
寄大风北京 114
西湖诗社辛巳端午节雅集惜未能躬与其盛谨赋短句乞正 二首 114
谢丁大钧学长惠赠《耕余书画集》 114
寄曼兰女弟 115
壬午端阳 115
谢盛光辉吟翁寄赠《修竹楼书画选》 115
三清山纪游 三首 115
哀汶川 115
谢叶知秋兄惠赠《春草集》 116
离情 116
龙虎山 116
灵隐月夜 116
长生二绝 116
壬午饯岁 117
己丑清明前三日与春霞母女于梅坞『七碗茶』试品新茗 117
春晓 121
寄江晋华兄 121
甲申迎岁 121
秋容 121
戊子中秋 121
西溪 121
戊子年秋《李一航纪念集》嘱题 122
流落缅甸之远征军 122
读连横先生旧作湖游一绝，爱国爱乡之情溢于言表，即依原韵谨赋四绝以迎连战先生伉俪访问杭州 122
附连横诗一首 西湖游罢以诗报少云并系以诗 123
丙戌夏与唐宇振陈群天目山度假 八首 123
赠『茶人之家』 二首 124
己丑年春节后四日与江晋华张春霞沈琦登西泠印社四照阁品茗 124
过苏小小墓忽有所感 124
己丑年春与江晋华张春霞洪梅初同赏皱云峰奇石 二首 125
偕春霞苏堤踏青忽忆海外故友 125
平湖心影未销磨 天阴欲雪，湖居岑寂，忽忆少年情事，爰作短句，慨何如之 125

金缕曲 钱塘诗社创建十年艰辛历尽赋此寄大风 102
金缕曲 浣萍女史伉俪旅法思返，以归燕寄意，谱金缕曲情思婉转，读后感从中来，乃循声赋此 102
附俞浣萍词一首 金缕曲 与仲鼎巴黎探女将归 103
跋
编后记

中卷

绝句

梦回 111
悼念张冬心先生 111
贺浙江老年大学文学研究会成立五周年 111
辛卯端阳 二首 111
庚寅春节偕雯雯游茅家埠 112
观老年歌舞 112
梦亡妻如璋 112
悼念伍受真先生 四首 112
寄贺新年 113
附张冬心诗一首 岁尾和王斯琴教授贺新年原玉 113
壬辰夏曲院赏荷 113
看山 113
喜读《万静宜诗词钞》 117
苏堤春色 117
读《梁漱溟轶事》 117
怀范无伤兄 117
有感于两岸形势 118
鼠年献辞 118
赠别 春霞助我编务四载，今将北返，赋此赠别 118
题画 118
赠晋华吟弟 118
中秋望月 119
有忆 119
贺唐宇振新婚 119
戊子元月与苡甥雯孙等游茅家埠 119
戊子元宵 四首 119
与南史兄伉俪冒雨游湖 120
重阳 120
三抵京门赠大风 120
附毛大风诗一首 奉和斯琴兄京门题咏 120
丁亥新春寄曼兰 120

再咏谒翁同龢故居 130
曲院赏荷 四首 130
玉泉初夏 131
题《山阳集》 131
喜读《李汝伦诗词选》 131
贺周明道弟伉俪金婚之喜 131
题《黄文中集》 131
《霜叶集》第四集题句 131
悼萧征山同志 132
澹波同志索句赋赠 132
千工床 132
小河 132
岳坟留句 二首 132
少时 133
雷峰塔 133
湖居两绝 133
姑苏纪游 七首 133
贺诗教经验交流会在杭召开 134
迎丁丑新春致意 139
喜看神舟七号升空 139
观剧 139
萧山诗词楹联学会成立 139
昼寝 二首 140
遥祭李汝伦兄 三首 140
湖游即事 140
过跨虹桥旧居 二首 140
癸巳初夏碧桃园雅集 141
苏堤漫步 141
蝈蝈 141
喜迎海盐诗友莅杭赐教 二首 141
喜读蒋荫焱《湖山吟草》 141
寿章倚文同志八十 142
口占一首 142

律诗

焦裕禄颂 143
跨虹桥 143

题惠荣吟草 126
庚寅初春与春霞母女游平湖秋月 126
山行 126
读朱渊《不耦斋集》 126
春日湖居 二首 126
西泠赏荷 二首 127
夏夜忆儿情 二首 127
奉答丁嘉樵兄 127
以诗代柬致大风兄 127
题《于右任诗集》 二首 128
读王冥鸿兄遗作 128
旅京赠大风 二首 128
天台高明寺题壁 128
植物园竹区漫步 129
赠李汝伦兄 129
寄钱江同志 129
春思 二首 129
听张火丁唱《锁麟囊》选段 129
读林曼兰著《中国帝王百咏》二首 130
癸酉新岁抒怀 135
甲申岁朝登昱岭关 135
棠樾鲍氏牌坊群 135
甲申元宵 135
敬题诗丈《朱叔华诗草》 135
云栖之游沈琦索诗率成二绝 135
忆平湖 四首 136
悼何南史先生 136
题蒋成章同志牡丹图 136
喜与宗文五十三届同学重叙杭州 137
湖居 137
辛巳冬偕雯雯游沪 二首 137
谢杨荣观同志惠赠大著《河畔行吟》 137
读闻竹雨兄著《霜枫初辑》 137
辛卯迎春贺柬系语 二首 138
秋兴 二首 138
览所谓『当代金瓶梅』以此质疑 三首 138
《当代诗词》创刊十五周年作 139
贺苏局仙诗翁一百一十岁 139

萧斋岑寂，偶忆前事，赋此即寄大风 148
读史 149
娃哈哈集团公司宗总荣获杭州『工业兴市』重奖 149
丁亥迎岁 149
为汤显祖文化节而作 149
丁亥述怀 二首 150
甲申中秋 150
矿难 150
戊子迎岁 二首 151
痛悼杨羽旋兄 151
谢作亿吟长赠诗 151
苏堤晨眺 152
己丑迎岁 152
观电视剧《海瑞》 152
乙酉岁暮浣萍同志贻诗垂询即以原韵奉答 二首 152
附俞浣萍诗一首 岁暮有怀寄王斯琴老 153
岁朝抒臆 153
春暮 153
登黄龙洞棋牌楼 154
庚寅中秋，欣逢中国崛起之会 159
辛亥革命百周年 159
迎李汝伦兄来杭度假 159
题赠杭州市蟋蟀协会 159
东山月夜 160
奉和周明道同志 160
庚寅除夕 160
新中国成立六十周年 160
岁朝怀人之作 161
读《林觉民与妻书》 161
春晚 161
百岁抒臆四律 161
谢叶元章兄赠诗谨和原韵奉答 162
附叶元章诗一首 秋日有怀寄斯琴兄 163
梦浙西旧居 163
蒋荫焱同志力助《诗文续钞》编务赋此致谢 163
壬辰中秋 163
敬赋一律纪念先贤袁崇焕诞辰四百三十周年 164

戊子立夏后二日与张春霞母女同游龙井 143
喜迎二〇〇八夏季奥运会在北京举行 144
喜庆杭州西湖世界风景文化遗产申请成功 144
甲申暮秋谒陈文龙墓 145
甲申暮春与苡甥雯雯登雷峰塔 145
奉和牛翁吟长《丙戌迎岁》之作 145
友情 145
伤往 145
庚辰中秋 146
迎南史兄莅杭交流两岸文化 146
题邮 146
偶思 146
抗战胜利六十二周年 二首 147
谢袁第锐吟长赠诗即步原韵 147
悼念一航 147
重到菩提精舍 148
自省 148
虎年志感 148
访径山寺同游者唐宇振张春霞时在己丑初夏 154
辛卯迎岁 154
秋夜 154
老去 155
庚寅迎岁 155
奥巴马登长城 155
自况二律寄我同怀 155
己卯除夜 156
《千年经典》音乐朗诵会在杭举行 156
戊子重九登高有怀海外诸友 156
秋夜偶成 157
甲申岁朝再上黄山 157
欣悉台湾国民党组团来京访问 157
乙酉岁暮天寒欲雪，忽忆少年情事有怀大风 157
附毛大风诗一首 答斯琴兄惠书并诗 158
观张火丁演京剧《荒山泪》 158
抗战胜利六十周年 158
乙酉中秋 158

下卷

诗论

173 诗艺撷要讲述提纲

180 怎样写传统诗

182 诗的蜕化

辅文

185 序《中国历史人物百咏》

186 序《鸳湖诗集》

187 《芸窗诗草》前言

188 序《鸳湖梦忆》

189 《老子谈道》编后

189 序《屈赋考辨》

190 序《自乐集》

191 序《胡启南画集》

192 序《张继正诗集》

193 序《天目山房诗文集》

194 序《清源集》

195 序《天长地久此时心——金兆芬女史纪念文集》

【目录】

古诗

楚人 165
赠《三唱引玉集》 165
寿大风兄九十 165
痛悼徐勉诗翁 166
焦裕禄颂 166
偶得 166
汶川大地震痛赋 167
悼胡锦书诗翁 167
重修宝峰禅寺 167
题徐邦俊《断鸿吟草》 168

词、联

殢人娇 郭庄次韵浣萍同志 169
金缕曲 留芳、心培、益群诸友惠赐华章，过承奖誉，惶惶之余，略告平生，藉谢关注 169
踏莎行 中东河工程赞 169
题王十朋纪念馆联 170

序《紫藤室诗词》 197
代序《李一航纪念集》 198
序《观沧楼诗联选钞》 202

附录

诗 204
词 211
联 215

编后记（一）

编后记（二）

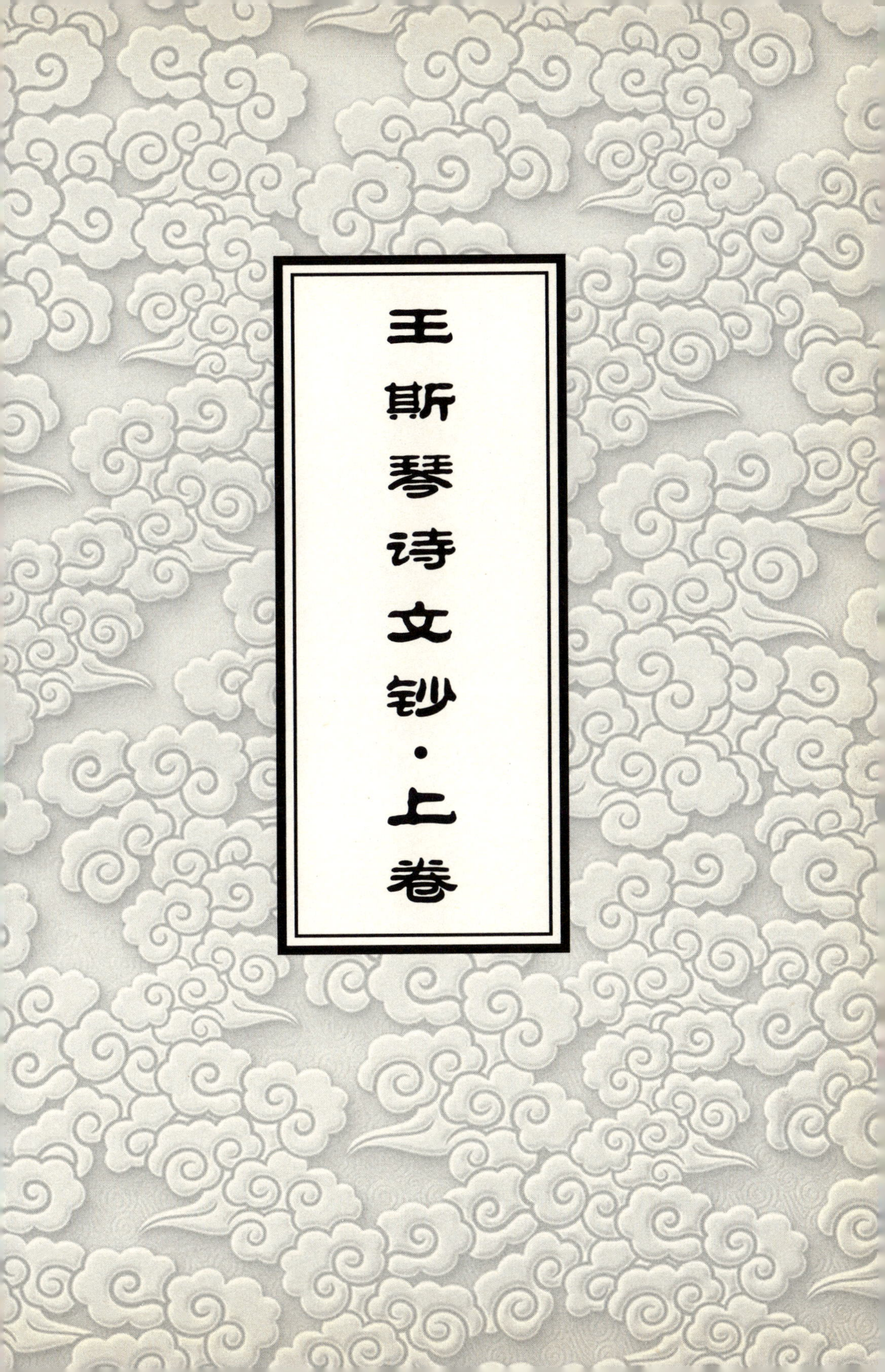

王斯琴诗文钞·上卷

毛 序

二十世纪三十年代，日寇进犯我东三省后，其铁蹄复侵凌察绥。一时汉奸活动猖獗，华北风云紧张。时北上抗日之红军胜利到达陕北，定驻延安。蒋介石不顾大敌当前，国难方殷，坚持“攘外必先安内”之谬见，调集大军围困陕北，并亲临“督剿”，遂有张、杨西安兵谏之举，轩然大波，震惊中外。于此之时，斯琴正与余共事东南海滨，目睹时艰，心潮激荡，乃奋笔作《感赋》以抒怀。有句云：“耻留微命寄蒿莱，落日凉涛哭海涯。一举敢从天下死，十年常抱众生哀。”肺腑之言，感慨良深。年少多才，一鸣惊座。

斯琴少极聪颖，勤奋好学，复得名师指导。故诗艺日进，卓然成家。乙亥之秋，刊印《近体诗剩草》，朋辈传阅，誉为佳作。余自猜度，斯琴读诗，极喜杜、李，寝馈其间，渐成为风格。故吾尝谓，斯琴诗风，沉郁似子美，婉约如义山。然观其“碧波春草思颜色，白日寒云忆塞边”“处处红灯春夜暖，悠悠白发岁寒心”之句，似子美而又非子美也。复观其“折碎珊瑚认故枝，抛残红豆绝相思”“碧箫声断楼空早，紫玉烟飞梦醒迟”之句，似义山而又非义山也。故准确言之，斯琴之诗实合杜李两家，融会贯通，自成一格。诗友均爱其诗，晚年诗誉日隆，而诗风一变，如“经年已是风霜惯，只傍寒云独自飞”“遁世倘赢千载誉，心忧天下又何人？”“当年是我伤心地，今日芙蕖分外妍”等句，无不清新流畅、明白如话，为读者所爱诵。南北诗刊多载其诗，今斯琴已持其全集付印，此诚吾钱塘诗社之盛事，亦今日诗坛之佳音也。

斯琴长余两岁，会斯琴诗集问世之日，适喜逢其九十华诞之年，用献长歌以为祝嘏，并略叙其生平：

钱塘才子王斯琴，清俊年少影伶俜。
严寒酷暑不经意，手不释卷恋书城。
日寇猖狂侵华夏，民族大难日色昏。
壮士扼腕心沥血，一篇悲歌诉深情。
誓为抗战尽绵薄，戎服关山马蹄轻。
喜见红旗遍祖国，其奈政审梦魂惊。
教鞭忽折离黉舍，列入另编自谋生。
妻亡子散家破碎，深宵课孙伴孤灯。
寒往暑来廿余载，剧怜世态冷于冰。
敝衣粗食度春夏，家徒四壁多悲风。
幸喜三中开盛会，冤案错案全改正。
恢复名誉重执教，晚遇明时心境宁。
吟就佳篇见功底，海内诗坛传令名。
学识渊博出同辈，远近访晤客盈听。
改稿审稿寻常事，认真不苟众人钦。
寿登九十人难得，清静养性世无争。
恭祝学长乐且健，秋日湖边约再逢。
光阴弹指匆匆去，叙君平生祝康宁。

上诗韵据《诗韵新编》。

鹁湖米翁毛大风作于京西紫竹院畔寓斋

时癸未初夏

罗　序

斯琴先生是我尊敬的前辈诗人之一。严沧浪云:“诗者,吟咏情性也。”古今好诗,概莫能外。斯琴先生是一位真正的诗人,他的诗无论是忧国忧民之作,或者是感怀身世之篇;无论是登山临水之咏,抑或是亲友赠答之章,几乎篇篇都是情性的自然流露,因而其品格自高。

我佩服斯琴先生的诗品,同时更佩服斯琴先生的人品。古人云:“百凶成就一诗人。”先生一生经历坎坷,备遭挫折,但是他从不悲观失望,消极自弃,这就需要有一种博大的胸怀和通达的智慧。他的诗不仅没有丝毫衰颓之气,反而处处透露出郁勃的生机与乐观豁达的精神。

杜少陵诗曰:“庾信文章老更成,凌云健笔意纵横。”斯琴先生以诗为事业,视诗如生命,终身以之,乐此不疲。他今年已九十高龄,依然健笔凌云,吟咏不辍。当其个人诗集公开面世之际,谨书数语,以表达一个后辈的由衷敬佩之情。

罗仲鼎

二〇〇三年五月

自序

“文革”既寝，检点劫余残稿，得诗若干首，曾署以《近体诗剩草》问世。时日倏忽，今已二十余年矣！世纪更新，人事代谢，或有所感，以囿于积习，辄不免付诸吟咏。然随作随弃，未有存稿，盖嵇性懒散，未尝自惜敝帚，遂多散佚。今春明道弟为钱塘诗社建社二十周年，辑印《钱塘风韵》纪念专集，选用新旧拙作多首，乃谓半面微窥，难识容光，愿协助编校余历年所作，续成一集，既志鸿雪，亦示同好。其拳拳雅意，情未可违，遂如其教。于是终朝伏案，不遑晨夕。掇堕拾零，计得律、绝约四百首，小词数阕，并附录其后。

余以造次颠沛，哀乐中年，故集中多感旧怀人之作，秋虫肸响，意在自赏，而性情所寄，亦堪见其生平，其辛苦遭逢，大雅君子，不难于片言只语中识之。

诸作以平水韵为准，然为免于以辞害义，间或参用新韵，此乃才力所限，非趋时尚也。

《诗》云：“思无邪。”故余所作，偏重性灵之说；“诗可以兴、观、群、怨”，故又主张美、刺虽别，而其主旨当在心中有人，诗中有我。悲悯所生，真情自见，是非短长，可无论矣。

静闻师为促余早日成书，数年前即承亲题书签，惜书成之日，师已谢世，不克恭呈聆教，悲怆曷似？

是集之成，明道弟与俞浣萍、朱渊等同志为匡正疏谬，沈淑影同志协助校勘，戮力为多，又承毛大风、罗仲鼎兄赐写序言，李汝伦兄远道赠诗，以及张青云弟撰寄跋语，均于此深致谢忱。

王斯琴于西湖东山之隅

二〇〇三年六月二十三日

赠　诗

快读《王斯琴诗文钞》礼赞

斯琴吟长于大耋之年，梓行大著，黄钟大吕，大雅轶尘。

吟长初不以诗名。早岁抗倭，奋不顾身，动员诛伐，健笔千钧。逻胜利而洎鼎革，历经板荡，终见河清。然而玄发皤矣，霜已侵鬓。出其余绪，寄意诗词，厚积薄发，以诗会友，弘扬六义，日益苍浑。所吟所赋，微言大旨，亦非仅在讽咏本身。手创并主掌钱塘诗社垂二十年，由筚路蓝缕以至发扬光大，誉溢艺坛，祭酒侪伦。于新时期复兴文学贡献方深。

诗词理论，挥洒持正，不阿不欹，与时竞进。《中华诗词》主办全国评诗，所撰七律，评列一等第一，获得折桂之嘉名。

琴翁为诗，入于古而出于古，法于古又不泥于古；兴观群怨，与时俯仰，有分寸，有节度，尤见性真。大风翁谓其出入于少陵玉溪，诚如所论。《诗·大雅》云：崧高维岳，骏极于天。其所诣至，有目共见，非所私称。今裒所作而取其菁，问世乐群；一编既出，喜看风行。

鹤鸣九皋，天野同闻。琴翁唱之，朋侪循之，学而习之，必见开陈；谨以赞之颂之，敢效献芹！

朱　渊

癸未仲夏初稿

绝 句

答客问 二首

人静书闲懒不支，窥窗花影日迟迟。
一春久断西陵梦，诉与东皇或未知。

渺渺孤鸿夕照微，湘江水碧忆灵妃。
经年已是风霜惯，只傍寒云独自飞。

白堤即景

杏花风软漾晴烟，春暖湖堤放纸鸢。
日暮轻车归去晚，衣香人影绿杨边。

鹳山双烈亭

江涵秋影一亭孤，山色清寒草色枯。
血溅倭衣双死节，抚碑不觉泪模糊。

题与何笑男雁荡合影

名姝名岳两兼难，老眼摩挲仔细看。
唤起四年心底事，空山风露泣幽兰。

秋　心

秋心如海夜迢迢，小阁吹寒咽碧箫。
凉月一天人不寐，最难排遣是今宵。

题《霜叶集》

斫桂焚椒未忍论，词林寂寞久无尊。
黄钟不废今犹是，唤醒诗魂与国魂。

湖滨春夜独坐

淡月笼云微有阴，粼粼波拍夜寒轻。
游船归去人初寂，灯在孤山远处明。

秋　思

瑟瑟残荷动薄愁，晚风凉拂鬓丝秋。
蒹葭欲白佳人老，惹尽相思是玉钩。

花港晨曦

园林萧瑟晚风寒，小艇浮烟薄雾残。
我自倚栏看远水，水边人却望栏杆。

题李经纶先生新作

南国书来报早秋，乡关词赋杜陵忧。
眼中泪与心头血，洒向珠江一并流。

春　晚

人静回廊乳燕飞，夕阳庭院落红稀。
天涯归路迷芳草，尽日流莺窗外啼。

秋　夜

空庭凉露湿流萤，新月微明夜气清。
秋意诗心情惝恍，悄无人处看双星。

西穆坞访魏大坚诗翁

疏篱粉壁印莓苔，一畦秋菘手自栽。
绕屋溪声流日夜，当门山色送青来。

和刘异云兄踏青一首

故乡山水待君看，道远河深今岂难。
何不明朝买归棹，长风一夕下东南。

沈园志感

恨何堪说生难尽，情到能痴死岂休。
本是寻常儿女事，钗头一阕便千秋。

清晓曲院赏荷　二首

浅醉才消想玉容，晓妆慵整绿云封。
风裳欲举娇无那，一笑回眸恰恰逢。

田田翠叶弄珠盘，清露莹圆尚未干。
愁绝凌波人去后，湖天寂寞水云宽。

赠赵德煌[①]

红楼一卷灯前味，白屋三间海畔家。
莫听荡湖船上曲，闲来且吃赵州茶。

①赵德煌时寓白荡海。

促　织

荒井残垣断续吟，露啼烟泣不堪听。
诗心犹共童心在，悄步循声侧耳寻。

听钟安民女史弹筝

心上情凝指上声，惊风急雨霎时并。
梁尘崩落银瓶裂，天外惊雷君且听。

雁荡情侣峰

爱到深时恨亦深，香消粉坠意难禁。
遗珠解佩缘何事，一寸情牵万劫心。

读曹天风先生《水平集》

奋笔如狂胆气横，　水平集有不平鸣。
万头伸继一头落[1]，字字恍闻掷地声。

① 先生有句为“一头落处万头伸”。

忆四十年代记者生涯

一字未安是祸胎，灯昏眼倦费删裁。
鸡啼月白寒风夜，小巷更深踏雪回。

亦　有

亦有浮名倾昔时，争裁纨扇请题诗。
江郎老去才情减，空对青荷惜鬓丝[1]。

① 王渔洋诗“浦里青荷中妇镜”。

苦热寄大风

灼地烧天不可支，灵泉枯竭涸灵思。
盼来买棹西湖上，共赋冰纨雪藕词。

龙　门

鼋鼍纷涌逐波涛，百尺禹门[1]雪浪高。
羡煞池鳞枯望眼，倘能一跃化长蛟。

① 禹门指龙门。

寄周一弘兄

九死余生劫几经，鸳湖话旧慰离情。
秦淮烟水萦残梦，回首前尘忽半生。

访嘉兴血印寺

荒祠一角日微曛，柱上依稀血印存。
夜半僧呼似在耳，河声如诉到于今。

戏赠王树声兄

若个须眉不丈夫，温柔应让女儿多。
愿君略解其中意，好向妆台伺眼波。

纯华四十周年祭

天上人间两不知，霜寒雁过梦回时。
深情十载从头忆，残夜孤灯欲语谁。

昨　梦

昨宵有梦到蓬莱，阊阖森森叩不开。
为道玉宸今倦理，封章一例罢兰台。

有　忆

烽烟一夜警辽东，夕照山河泪血红。
忆向金陵呼抗日，流光半纪惜匆匆。

苏小墓

苏小亭前草自春，停车我欲拜芳尘。
黄金不铸同心结，偏是才情倾美人。

飞来峰

冷泉亭畔一峰青，何处飞来入武陵。
底事飞来不飞去，晨昏钟鼓伴云林。

观《魂断蓝桥》电影

一曲犹萦泪已盈，死生恩尽女儿情。
无端兵火消春梦，岂是伤心只属卿。

电影《原野》

颠倒心魂情荡漾，刀光寒闪血淋漓。
生机一点知何处，红藕花开香满池。

瞻谒文天祥纪念馆

民族心声正气诗，谁能无死启人思。
天骄一代归何处，丞相如今尚有祠。

于公祠访旧[①]

京都零落故人家，离乱风尘感岁华。
今日我来君已去，低徊空吊夕阳斜。

①北京西裱褙胡同于谦故居系旧戚冯曾修寓所。寻访既得他迁已久，据邻人告恐已下世矣。

与小蘅妹同游圆明园旧址

废池乔木恨言兵，万景园林一夕焚。
独向残垣挥痛泪，泪痕何及耻痕深。

与王树声兄游天坛

坛前古柏郁森森，代有君王祝岁盈。
欲向天公问人事，何如有德沐苍生。

参观南山路聚景园菊展　二首

对酒南山颂太平，满园秋色灿于金。
而今帘底人如玉，莫把黄花瘦比卿。

犹有残香系晚枝，西风篱落风经时。
红情绿意都销歇，独向寒霜斗劲姿。

南游十绝句

夜发杭州

欲向南州觅旧踪，犹余残梦意惺忪。
云山过眼皆成幻，消受当窗一夜风。

赣闽道上

昼夜飙轮去不停，忽穿幽隧忽丘陵。
缘何未觉骄阳烈，身在万山丛里行。

车抵福州

闽江波映碧粼粼，初夏江头荔枝新。
一襟征尘犹未浣，榕城灯火已黄昏。

鼓山喝水亭

古刹清凉佛阁幽，好山无水亦堪忧。
愿能乞得降龙杵，喝使灵泉再倒流①。

①传说当时鼓山有神龙喝水，山泉遂涸。

厦门郑成功纪念馆

力尽苍天欲堕时，　临江饮恨失舟师。
知其不可而为之①，永谱千秋正气诗。

①"之"读仄声。

集美延平故垒

海上秋风动石鲸，延平故垒迹犹存。
回天有志终遗恨，白马寒潮夜半声。

陈嘉庚墓

抵死难忘中国心，狂涛风雨海天魂。
鳌峰千仞何能及，惭愧徒余向往情。

日光岩

振袂高冈豁远眸，恍闻天语出琼楼。
果然九夏生寒意，龙窟风来暑尽收。

后港仔海湾

浪逐沙明海接天，远帆残照白云间。
三千弱水蓬山远，目尽烟波年复年。

鼓浪屿疗养院

浩浩天风海气昏，鲸波荡日接沧溟。
晚来忽觉潮声急，倚向栏杆侧耳听。

欣贺杭师建校八十周年

曾惭滥竽列行间，忽堕风尘折教鞭。
花自无言春自好，一蹊犹复似当年。

有　寄

寒波落木意萧萧，欲把幽怀托远桡。
其奈芳馨随梦杳，心潮叠叠共秋潮。

玉泉晨茗

鸟语初喧晓色新，远山红树染霜晴。
兰芽乳溢余香细，慰我江湖已倦心。

鸡　声

曾是韦弦三绝来，鸡声常共晓钟催。
文章合向秋风哭，盍对天庭叫几回。

寄台湾殷作桢兄

橐笔秦淮忆梦痕，媚香楼畔吊贞魂。
仓皇别去终成恨，秋柳西风怅白门。

子陵钓台一绝

男儿谋国敢倾身，生死安危岂足论。
遁世倘赢千载誉，心忧天下又何人。

晨　眺

楼台灯火渐阑珊，曙色方微倦倚栏。
寂寞湖山春影瘦，朦胧堤树雾中看。

桥　畔

门外梨花小巷中，忆曾桥畔瞥惊鸿。
今朝又向楼前过，帘上蛛丝罥落红。

缄宗文旧友

匆匆一别意何如，廿载蓬门感索居。
问讯故交零落尽，黄垆重过痛回车。

访富阳龙门镇

飞车百里到龙门，犹见东吴旧子孙。
圮屋尚存工部宅，蜗涎斑驳杂苔痕。

春归四绝

冰封大野寒凝夜，忽觉春温到笔端。
炉火犹红汤欲沸，寸心如水有微澜。

才怜春去又春回，花气微熏入户来。
不是此番风信早，南枝宁许向阳开。

软玉生香书影移，书栏东畔小园西。
春风吹醒棠梨梦，依旧花枝压户低。

双剪差池掠水飞，杏花时节又南归。
雕梁昔日知何处，且筑新巢傍旧帏。

哭徐通翰兄[①]　四首

鲠直如君世所难，心忧国事独披肝。
谈时深恨论交晚，琢句灯前到夜残。

不辞辛苦作诗囚，呕尽心肝始肯休。
两卷书萦魂一缕，寒山落日下湖楼。

病鹤惊霜岂可支，翔骞犹欲唳清时。
余音忽杳归何处，望断辽东入梦思。

砉断冰弦意黯然，枯桐着雨泣寒烟。
神伤三载离鸾痛，太息仍余不解缘。

① 徐通翰君曾编选《中国当代诗词》及《当代中国诗词精选》两书。

痛悼吕千飞兄　四首

湖上寒云冻不飞，哀书前夕寄京西。
难禁眼底将干泪，湿尽龙钟老布衣。

何惧滔滔共诋之，力从词苑孕灵芝①。
知君一语伤心甚，死亦风流只为诗②。

此夜悲君复自悲，直言贾祸总如斯。
海风吹浪三千尺，痛为蛟龙竟得之。

堕指寒凝曾几时，好春今又茁新枝③。
何期永弃江郎笔，不见生花绝妙词。

① 千飞在北京第二外语学院组织学生成立灵芝诗社，对传统诗词进行学习和探讨。

② 生前曾有“为诗而死，死亦风流”之语。

③ 吕诗有“冰封翰墨寒凝手，且待山花吐蕊时”句。

诗　心

但觉诗心不可寻，蚓鸣蛩唱只微吟。
自从隔海传消息，便有离情日夜深。

读史阁部集

明月扬州属二分，南都谁抗北来兵。
梅花岭上年年月，永把清光照后人。

钱塘诗社抱朴庐雅集

钱塘诗社抱朴庐，邀来诗侣揖清虚。
空潭水积丹池溢，五月黄梅雨涨初。

题　影

留得人间劫后身，眼波犹似旧时明。
襟边点点斑斑迹，知是脂痕抑泪痕。

乞陆九畴兄书红梅　二首

欲求彩笔写春风，不羡江南桃李秾。
独爱丹心描数点，铮铮铁骨雪霜中。

岂是胭脂颊上痕，暗香疏影月黄昏。
疑他点点殷红色，尽是英雄血染成。

为袁显明律师题红梅图

冰霜为骨玉为魂，朵朵含春俱有情。
一滴朱凝千滴血，庭前应起护花心。

初阳台送别姚征峰同志

淡日微风怯嫩寒，晴光浮漾晓烟残。
一樽共对春波绿，芳草萋迷山外山。

偕雯雯寻访三生石[1]

断碣埋荒几度寻，重来萧寺悟前因。
何由细说三生事，莫道他生惜此生。

① 三生石在西湖中天竺寺后。

有　忆

历落心头事万端，蛾眉喋血咽悲酸。
胭脂井上溶溶月，应照离魂抱恨还。

题三峡图

云暗巫峰江自流，猿啼峡冷昔人愁。
而今千里江陵路，一片春风送客舟。

送别周西林馆长　二首

春树秋云忽几更，清芬时对慰平生。
临歧一语聊相赠，珍重西溪别后身。

无限浮云落日情，江城梅笛起离声。
余薪犹热余香永，愿把前程接后程。

枕上闻歌《我的中国心》

秦关百二锁长城，梦里家山画里情。
一曲回肠听不得，孤儿海外此时心。

安溪访姚今霆同志

一枝沾露溢幽芬，空谷年年绝俗尘。
谢却繁华甘寂寞，茗溪风月孕诗心。

赠杭师院中文系八〇届同学

黯黯离情欲别难，殷勤寄语意千般。
金针度去由人用，莫把鸳鸯绣与看。

论诗三绝

百花竞艳好春时，何论新诗与旧词。
各有自家风韵在，未妨别样逞娇姿。

新枝茁长宜扶持，老干杈枒待整枝。
诗圃亦与园圃似，春风一例斗芳时。

诗骚嬗递越千年，词曲风流一脉延。
新月女神炫异彩，枝枝叶叶总相连。

与赵德煌兄夜访雁荡夫妻峰遇雨　二首

密爱亲怜入抱初，誓教石烂海成枯。
世间儿女痴如许，不解情多恨亦多。

应是伤心泪若河，泪飞成雨湿归途。
痴情人说蓝桥恨，或比蓝桥恨更多。

题旧照 黎央还我珍藏四十年前小影，故友情殷，自悲老大感书一绝

花事阑珊蝶梦寒，故园风雨总无端。
余春犹在春休去，帘外莺声日未残。

江心寺谒文信国祠

一代孤忠昭日月，几番生死历艰辛。
苍天无语天难问，万古丹心励后人。

旧 梦 二首

旧梦无凭未易寻，当湖眉黛惹人青。
只今零落怜幽草，流水空山月自明。

解语如花意可亲，琼枝照眼惜娉婷。
城南别去终成恨，辜负遗珠一段情。

贺程光同志新婚

八尺云屏五色丝，绣成富贵牡丹枝。
鸳池今夕春波暖，好诵关关洲上诗。

普陀纪游

海滨晚眺

烟水迷茫落照明，风涛万里一舟轻。
海天无际蓬山远，此去征帆更几程。

宿沈家门

鱼腥十里沈家门，万杆千桅映夕曛。
斜日渡头人影乱，移舟系缆待潮生。

千步沙漫步

拍岸吞崖去复回，滩头飞卷雪千堆。
此来悟得人间理，前浪都由后浪推。

潮音洞

百尺沉渊起巨霆，琼宫深锁老龙吟。
惊涛欲立危崖动，疑有鲸鼍海底听。

百步沙观日出

长林月白夜凉新，渐见秋空落晓星。
欲就云骈寻紫阙，微霞一抹海波明。

招　凉

雪藕冰纨水阁风，芰荷香透碧帘栊。
宁知更有清凉处，只在灵台一寸中。

观映《二泉映月》

潦倒江湖剩一身，歌残人去叹零丁。
二泉映月孤鸿影，凄绝哀弦夜半声。

瑶琳杂咏　三首

田家处处庆丰登，一路围场笑语频。
到眼云山看不尽，轻车飞驰过新城。

玉树琼花映紫云，琳宫瑶阙绝红尘。
千秋洞壑神仙府，留与人间乐太平。

坡老雄才誉古今，严陵高节仰千寻。
睥睨一代文章手，岂是先生浪得名。

贺内山加吉八十寿庆　二首

版画源流五十秋，先生功绩孰堪俦。
中天月朗人常健，鹤寿芝龄两俱修。

目尽飞鸿入远空，我所思兮海云东。
迢迢弱水三千里，遥祝人间不老翁。

题闻一多先生木刻像

弥天大夜虐饕蚊，冷眼睥睨怒欲焚。
妙手传神凭铁笔，岂只入木仅三分。

老少年盛开弥饶秋色

萧瑟秋风草木零，偏它越老越精神。
晚霞红胜朝霞色，点染园林又一春。

粉碎“四人帮”有作

大野沉阴黯不收，弥天昏雾锁重楼。
中宵一霎风雷怒，荡尽阴霾涤九州。

初夏携雯雯游湖

微波淡荡漾漪涟，春尽湖堤色更妍。
莫道西泠花事晚，柳阴犹锁六桥烟。

中秋夜无月丁文中等来奏吉他

草草杯盘酒半酣，纷陈丝竹尽余欢。
云罗羞掩姮娥面，一曲霓裳未敢弹。

答商希辂同志

情殷濡沫忆前尘，同作临邛市上人。
堪笑屠龙空有技，果然无用是书生。

宝石山天开图画题壁

春阳滟滟闪晴波，多谢天公开画图。
我与西湖缘不解，一生岁月尽消磨。

访王村祖居　三首

惹人春色正三分，远近平畴绿未匀。
今日重来添白发，流光何速愧何深。

青石栏杆敧短塘，人间正道是沧桑。
而今四海皆兄弟，何必花厅尽姓王。

水色山光绿到门，清流一曲绕王村。
田园毁后从头建，喜见新人胜旧人。

七　夕

灵鹊多情夜未央，神仙眷属亦堪伤。
银河水阔良宵短，一夕秋风恨转长。

客居临浦除夜

绿茗香浮白酒新，良宵灯火倍堪亲。
萧条今又逢除夜，自剪红梅接早春。

淳安夺煤

铁臂纷摇气若虹，笑看儿女尽英雄。
金锤夜震寒星堕，爆破青山知几重。

寄镇武兄

读书窗下情犹昨，斗草阶前事岂忘。
记得盂兰梵唱夜，左家桥上月如霜。

《聊斋》夜读

生死缠绵两意牵，鬼何可爱怪何妍。
只缘世道风波险，便觉人妖有倒颠。

卖书

眼前无计可疗贫，煮鹤何妨又焚琴。
几度欲留留不得，卖书痛比卖儿深。

中秋[①]

寥廓无声天地宽，清光万里照团圞。
自怜肝胆皆冰雪，一任飘萧襟袖寒。

① 今夕锣鼓沉寂查抄暂停。

何事

何事惊鸿着雪泥，巫峰十二峡云迷。
游丝不系芳春住，更待春归燕燕飞。

种蕉

如此时光太寂寥，自锄墙角种芭蕉。
听风听雨寻常事，欲借清阴读楚骚。

《幺弦集》题后

钿折钗分廿载余，伤心此夕意何如。
幺弦已绝惊鸿杳，泪血空留一卷书。

北山扫墓

岂有椒浆慰九泉，东风寒食感年年。
蓼莪久废亲恩永，寂寂空山叫杜鹃。

自西坞返杭游湖

今日重来如隔生，山容水态一时新。
西湖十月娇犹昔，更有风情胜好春。

被拔白旗移居粮道山

细雨轻烟酿嫩寒，子规声里杏花残。
春阴不散门昼掩，一枕惺忪梦未安。

烟霞洞　二首

野鸠声急弄新晴，一路茶香笑语盈。
雨后沿村溪水活，山花无数不知名。

碧水青山无限情，鸟啼花暝又残春。
年来行尽西湖路，最爱烟霞一片云。

东坡纪念馆题词

门外芙蕖吹晚香，纷披翰墨记行藏。
亲民太守传千古，临水长堤舞绿杨。

云栖待友不至

细乳浮香久待君，山容寂寞染微曛。
如何有约成空愿，辜负峰头一片云。

赠青田以勒阁主人

裁云镂月见玲珑，妙手精于造化工。
信是须弥藏芥子，山河移入锦屏中。

登春江第一楼

八月晴阳力尚骄，风帆隐隐落秋潮。
遥看接岸如虹卧，新筑春江第一桥。

龙井即兴

白云无意去仍还，坐看春山拥翠鬟。
啼鸟数声风日静，茶烟轻袅画廊闲。

登黄山天都峰①

缥缈七十二峰青，湘瑟空灵忆洞庭。
一夜松风吹客梦，珮环何处不胜情。

① 即景生情悼亡之作。

追　凉

袒臂湖头逐夜凉，芰荷十里水风香。
回眸不觉西陵近，楼外楼前月正黄。

灵峰访梅

寻幽今又到灵峰，犹见唐梅一树红。
铁骨依然风雪里，既饶妩媚亦英雄。

一九五五年云栖学习

中秋前夕

玉绳低转夜悠悠，今夕清光满小楼。
忽见团圞檐外月，始知明日是中秋。

欲　暮

又是斜阳欲暮天，青山与我两无言。
安能买得今宵醉，小梦和愁到枕边。

短　枕

短枕斜欹梦不成，只缘离久别情深。
何堪萧寺残灯夜，一夕霜飞两地心。

云栖老僧

秋风禅院冷无烟，殿角斜阳老衲闲。
不悉人间桑海事，山中岁月已忘年。

闻　箫

声声掩抑不堪听，何处箫声咽月明。
记得风霜茅店夜，一般清韵两般情。

看　云

满山烟树望凄迷，中有林禽自在啼。
此际情怀谁解得，倚楼愁看白云飞。

落　叶

忽觉秋声到耳边，卧听落叶打空檐。
声声似共离人语，多少离人夜未眠。

乙未除夕

岁暮天寒尚未归，聊将只语慰相思。
待它雪尽冰消日，便是春云再展时。

晓登吴山

江流隐约白云迷，鸟语初喧人语微。
万瓦烟浮残月落，一城春色绿杨低。

听卫仲乐琵琶

月白秋阶夜色新，清宵弦索堕梁尘。
恍闻呖呖流莺语，不是浔阳江上声。

题梅鹊图

乍放一枝天地春，小园风雪见精神。
朝来喜色溢眉宇，人与梅花共太平。

送爱生去沪

执手踟蹰意惘然，藕花香里送征船。
重来休负凉秋约，同向湖头看月圆。

闻内战又作[①]

一夕烽烟举国惊，辽东极目战云横。
英雄霸业生民泪，赢得江山输太平。

① 诗作于一九四七年。

湖　楼

湖楼镇日伴清寥，中酒心情未易消。
看尽白云听尽笛，万分无奈是今朝。

登长城

激荡风云变古今，群龙鏖战血犹殷。
河山带砺从头整，永为人间护太平。

过菜市口

灯火阑珊菜市寒，死生不改寸心丹。
英雄颈血苍生泪，旧迹模糊仔细看。

闲居两绝

伤离伤别一年年，驹隙留身亦自怜。
盼得太平闲岁月，卖刀都换买牛钱。

屐痕模糊未许寻，难将消息托青禽。
莺花取次闲中过，流水斜阳感不禁。

“茶人之家”品茶诗会　二首

晓煮清泉沏嫩芽，洪春桥畔有茶家。
流莺低啭门前树，催汝诗成护碧纱。

曾闻峰起炉丘陵，何若烹茶约旧朋。
我且剖肝聊与说，一天明月玉壶冰。

雁荡题壁

断渚寒汀知几程，声哀天际夜凄清。
横空大写排人字，目尽飞鸿愧此生。

浙南某县村郊所见

到处村郊墓圹新，人家多与鬼为邻。
须知地少年成减，尺璧何如尺土珍。

苏堤夕阳图题寄台湾少怀老友

烟水迷离梦影残，斜阳一抹色如丹。
新栽堤畔桃千树，待与故人归后看。

狮虎云龙茶品四咏

狮峰隐约雾轻笼，异品曾传十八丛。
蕴得西湖山水气，一杯才尽腋生风。

虎溪水洌更茶甘，到此居然并二难。
雀舌含春凝晓雾，撷来枝上未全干。

云深幽径碧苔藓，竹里呼茶意亦闲。
助我清思湔俗虑，茗中情趣即神仙。

龙井名茶世所珍，誉扬海外绝无伦。
梅坞深处千业翠，占尽西湖一半春。

赠何笑男女弟

谈诗雁荡识聪明，冰雪玲珑见性情。
说到归舟天际句，离愁黯黯一时生。

中华诗词学会成立大会席上作

幽兰堕地溷埃尘，寂寞骚心痛屈均。
聊借春温呵冻笔，宁辞憔悴作诗人。

谨和熊盛元弟原韵却寄

笔墨情缘信有之，静观万物皆吾师。
无情岁月催人老，驹隙偷生鬓已丝。

九二年贺卡题词

律转阳和序渐回，驿邮遥寄一枝梅。
数行倘得南鸿便，系足时传好句来。

贺陕西诗词学会成立

山入潼关不解平，浏阳一语意常新。
三秦豪士多奇气，又见风雷笔底生。

谢台湾越公赠诗并寄近影

遥天一雁下明湖，惆怅秋风岁月殊。
玉缄初开情忐忑，芝颜重对泪模糊。

奉题香港唐璧珍女史画册

春风才调墨生香，燕燕双飞日正长。
悟得南田真笔意，一枝一叶岂寻常。

谨贺《萧山旅游》创刊一周年　二首

吴山遥对越山青，惆怅西陵唤渡情。
我本湘湖烟水客，故乡消息总关心。

十年灯下旅人情，一水盈盈路几程。
欲买田黄镌小印，浣纱溪女是乡亲。①

① 余祖籍萧山王村，旧属苎萝乡，今为大庄乡，与越女西施为乡亲。

登四照阁

曾共凭栏说远游，都来眼底与心头。
波光云影浑如昔，留得朦胧一段愁。

玉泉雅集

开罢荼蘼日渐长，荷钱浮绿满池塘。
引来诗兴浓如许，吟尽山光更水光。

雨后红心玉兰犹盛

晓来庭院落红多，犹见晶莹缀玉柯。
但有丹心藏一点，风欺雨虐又如何。

花港观赏牡丹是日寒意袭袂

一帘丝雨织春寒，青帝无心护牡丹。
幸有三弓廊内地，不教零落任香残。

惜　春

泼眼花光欲醉人，金铃十万护伶俜。
休教冷雨摧芳讯，枉费春风一片心。

春　暮

花自无言水自流，湘帘不上小银钩。
芳菲已歇鹃啼急，只为春残恨尚留。

淡　日

淡日微风落絮飞，明铛锦瑟事全非。
陈王玉枕今何在，洛浦难教梦宓妃。

过金陵

石城丝柳碧无情，巷口斜阳景已更。
呜咽秦淮桥下水，悠悠流尽六朝痕。

红　梅

二月西湖好放船，沿堤十里绕孤山。
红云压碎明波影，错认桃林鹤不还。

白堤晨眺

翠叶初凋未减香，一天凉露湿莲房。
轻绡薄裹惺忪态，别有风情是淡妆。

贺四川省诗词学会成立

剑门春雨细纷纷，驴背轻吟得未曾。
心折锦官城外句，云霄万古一毛轻。

灵峰道上

琼枝含蕊晓烟侵，不见山间雪满林。
几点燕支破春色，冷香飞上旧吟襟。

贺钱塘诗社第三届年会

胆肝如铁笔如椽，鼓荡风云敢息肩。
且把湖山当几席，高歌慷慨赋新篇。

悼念张冬心先生

数载心仪情倍洽，缘悭一面憾何如。
哭君诚觉天难问，独对遗编恨有余。

新　秋

一梦温馨岂偶然，花枝照影月笼烟。
庭阶露湿新凉夜，玉簟初秋自在眠。

题自选集

锦瑟空怜堕泪词，任他人说忏情诗。
呕干心血都无悔，万死难偿一点痴。

千岛湖纪游

杭淳途中

骄阳百里少清阴，一路车尘沾汗襟。
三十年前情宛昨，何期堕梦又重寻。

重寓招待所

楼阁依然我再登，浮沉世事总难凭。
凉床午梦谁惊觉，门外一声卖棒冰。

鹿　岛

青山一发水天分，渺渺江波映白云。
难得浮生闲片刻，此来暂与鹿为群。

新安江畔

一片江山归笔墨，千重云水荡心胸。
解衣独向滩头立，为待南来有好风。

舞　罢　二首

舞罢归来月已横，小楼灯火尚微明。
晚妆欲卸还惊顾，梦里娇儿唤母声。

舞破霓裳昔已闻，腕儿争拜石榴裙。
霸王气短虞兮曲，恨饮江东子弟军。

宗文五三届校友欢叙杭州　二首

水流花谢事如烟，尘海浮沉数十年。
今日重逢疑不识，惊看华发换朱颜。

临歧恻恻别离难，况值莺花四月残。
何日还来寻旧梦，万千珍重祝平安。

读《朱淑真集》

乖违琴瑟意难支，其奈春风上别枝。
误尽聪明诗一卷，千秋泪湿断肠词。

观电视《梅剧洛神》 二首

一瞥惊鸿掠影时，霜天凉月照寒枝。
情凄洛畔凌波赋，玉枕谁怜入梦迟。

佩环声远意迷茫，罗袜轻尘水袖香。
徒有灵犀通一点，死生不负总凄凉。

夜雨初收湖上诸峰隐现如画率成一绝

隐约微窥半面妆，惺忪慵裹薄罗裳。
知它帘外无人见，不把蛾眉画更长。

赠浙一李毓敏医师

果然其技信乎神，雪剪冰刀着手春。
还我光明看世界，阴翳尽扫见清平。

丙子中秋

冷露微零湿桂枝，西窗寂寞怨归迟。
一天月色人千里，海上秋风又此时。

丁丑贺岁

拭却心尘送旧年，趁它春早力耕先。
砚田生事安排定，酥雨扶犁破晓烟。

过跨虹桥旧居

第一桥边水接天，长堤犹锁绿杨烟。
当年是我伤心地，今日芙蕖分外妍。

题　照

秋容绰约鬓云青，菊淡于人对玉瓶。
挹得西湖灵秀气，幽幽独绽一枝馨。

丁丑秋日重到安吉灵峰寺　三首

羽檄飞驰忆尚新，重来幸剩孑遗身。
海桑阅尽人犹健，古寺荒斋迹尚存。

八年鞍马忆平生，剪烛山窗夜论兵。
壮志已随流水尽，斜阳古树独伤情。

血肉长城敢惜身，游骑十万扫倭尘。
受降村外狂欢日，回首秋风事已陈。

己卯春塘栖纪游

经旧街

两岸长廊绕市街，何愁小雨湿青鞋。
今朝换了当时景，高屋连云次第排。

广济桥

千载犹存广济桥，漕河碧水尚迢迢。
客船渔火成前梦，长笛一声去路遥。

寻御碑

御碑惜被土墙埋，道是乾隆曾此来。
不料当时天子诏，竟教寂寞掩苍苔。

访赵家

尘封蛛网破窗纱，小院无人访赵家。
可惜春光留不住，墙边老却绣球花。

赠小蒋

有情鸳侣人争羡，山海盟坚世所珍。
席上初逢惭叨扰，聊凭杯酒祝三巡。

八五自寿

偷活蒿莱岁月徂，天教留命作诗奴。
风生水起寻常事，犹喜今吾是故吾。

大风孙鲤兄嫂金婚志贺

生能得此复何求，金石盟坚到白头。
半纪相亲更相爱，人间福慧羡双修。

谢李汝伦兄惠赠所著《蜂蝶无缘》

岂独情真事亦真，强含一笑写酸辛。
学而能得当无愧，羞见纷纷拜路尘。

题　画　集元遗山句

一片伤心画不成，海枯石烂古今情。
鸳鸯只影江南岸，肠断残荷夜雨声。

阑　干

寂寞阑干冷露侵，起看月色转阶阴。
盈盈一水愁难渡，永夜孤灯白发心。

据电视剧《逃之恋》主题歌意偶成四绝

春明旧事记风流，萍水因缘艳史留。
赢得英雄知己在，桃花颜色亦千秋。

云天折翼意难休，有女如花可解忧。
生死甘为同命鸟，何曾薄幸是青楼。

冰魂长共玉壶秋，大节宁忘家国忧。
一见居然成永好，倾心不独在温柔。

为云为雨擅权谋，一代奸雄袁大头。
毕竟难圆皇帝梦，都缘所作逆洪流。

题赠仙羽茶庄主人

玲珑花树绕阶生，亚字阑干玉琢成。
煮就龙芽香细细，茶烟深处有琴声。

赠宗文五三届校友　三首

岁月无声去若流，花飞叶落几春秋。
昔年猜字窗前侣，今日相逢尽白头。

剧怜聚散忒匆匆，飞絮浮萍感慨同。
五十年间多少事，几人消息有无中。

南园旧事尚难忘，岁岁秋风桂叶香。
记得韵山堂畔路，池边红树染斜阳。

时方春暮报载里湖一角新荷已放

别后情怀两地牵，愁来只自拥书眠。
新荷香细湖风暖，我负春光又一年。

喜迎新纪

久值兵氛历苦辛，太平犬胜乱时人。
今朝幸值千年禧，况是春随世纪新。

游醉翁亭

政洽民淳乐岁丰，滁州风尚古今同。
泉香鸟语还如旧，坐对危亭忆醉翁。

春　逝

繁花过眼忒匆匆，吹老棠梨一夜风。
其奈春光留不住，落红如雨水流东。

开　箧

开箧愁看百褶裙，年年无日不思君。
此情欲说何从说，付与孤山一片云。

《墨人诗词诗话》读后

应是菩提树下人，鬓丝禅榻悟前因。
如何忽堕红尘里，缚茧难求自在身。

与杭师院旧友欢叙楼外楼即席赋此

薄袷轻衫试小春，秋容又是一番新。
未妨买得今朝醉，楼外楼头多故人。

刘操南遗稿编竣

如接清芬对故人，尽倾肝膈诉平生。
西风斜日山阳笛，痛惜诗坛失老成。

雷峰塔重建

曾记人妖一段情，许仙毕竟负卿卿。
是非大白千年后，又见雷峰夕照明。

宿天台高明寺　三首

乞得胡麻饭几钟，昔时刘阮此曾逢。
尘飞不到天台地，禅意诗心自可通。

古寺云深曲径通，千重苍翠接遥空。
欲求片刻清闲味，来听禅堂午夜钟。

何堪忧患百年心，家国飘摇感愤深。
地转天回人世改，松风亦作怒涛音。

悼周本淳诗翁

诗星一夕堕淮阴，噩耗惊闻痛不禁。
岂料初逢成永别，因缘何浅恨何深。

己巳暮秋重游富春江　三首

匹马秋风曾此来[①]，荒城残角有余哀。
青峰几点今犹昨，祠畔斜阳过钓台。

永忆江楼惜别情，夜船灯火隔窗明。
君山兀兀青如旧，愧我风尘白发生[②]。

卅年人事漫相催，小劫沧桑我又来。
今古白云浮玉垒，江山新貌画图开。

① 抗战期间余以戎马倥偬曾数经此处。

② 余远去西南时，纯华曾亲来春江第一楼送别，时隔半世纪，景犹在目。

赠蒋小娥

来看峨眉岭上云，上清寺畔幸逢君。
登攀多谢相扶意，侍我情如骨肉殷。

题明道弟《友声集》

池塘夜雨不堪听，河畔离离草尚青。
总是怀人在天末，湘烟遥翠接洞庭。

湖楼新夏

芰荷香细水风凉，一角红楼掩绿杨。
人影纱窗昼日静，筝声如语出篱墙。

归　燕

帘外风微雨渐收，喜看霁色上枝头。
寻巢燕子归来晚，衔得新泥觅旧楼。

雪　夜

何愁积雪压园门，别有情怀借酒温。
几点梅花透消息，一分春色淡无痕。

与唐宇振径山问茶

轻车绕谷入烟霞，问茗寻诗兴未赊。
一盏香清余味永，果然名重径山茶。

钱塘诗社建社二十周年志感

盟结湖山二十年，题笺何惜看囊钱。
诗奴诗仆由人说，甘受辛酸不受怜。

东天目即景

岩花乱落细如雨，飞瀑喧空声若雷。
绿树阴浓山色暗，徘徊往复竟忘回。

敬和廉吏况钟饯别诗原韵　四首

忧勤宵旰抚乡邦，襟满清风月满江。
一滴朱犹千滴血，视民何日不如伤。

不负苍生不负天，臣心如水永绵绵。
公诚俯仰皆无愧，再拜薰香酹九泉。

夺命刀头事岂轻，肯教锦片惜前程。
乌纱为小民为重，襟抱常同白水盟。

永教清芬播两间，细民疾苦总相关。
无私便觉都无畏，何虑区区宦道艰。

乡情　二首

几群雏鸭逐肥萍，河畔人家隔树阴。
正是晚风残日里，桨声曳梦到花厅。

小市人喧落日斜，江边收网卖鱼虾。
携钱沽酒呼归去，好趁潮平早到家。

秋瑾女侠殉难八十周年　二首

三百年间颈血腥，河山有泪痛沉阴。
头颅一掷宁无价，唤起中华志士心。

三尺霜锋夜有声，忍教家国付沉沦。
胆肝如斗人如玉，万世千秋仰姓名。

端　阳　二首

扃户重门一旦开，鬼人杂沓费疑猜。
终南进士今安在，捉鬼应须仗汝来。

浮觞祛厉饮雄黄，蒲剑悬门杂艾香。
节到天中天不语，年年此日吊沉湘。

为纯华题照　二首

睡起看山卷画帘，飞来乳燕入廊檐。
侵衣莫道春寒薄，窄袖轻裳须更添。

别样腰肢别样装，山阶常印屐痕香。
柔条欲挽离情住，一片痴心对夕阳。

湖居初夏

白莲开处水风香，叶底蝉鸣日渐长。
跣足凉床窗畔卧，悠然一枕味黄粱。

感赋两律[1]

耻留微命寄蒿莱，落日凉涛哭海涯。
一举敢从天下死，十年常抱众生哀。
都门禾黍悲王业，穷巷歌吟抑霸才。
不屑樽前忆恩怨，要从腕底觅风雷。

行歌坐哭记当前，几许清愁付酒边。
浇我心胸唯热血，惹人眉黛是寒烟。
苍凉入眼多残迹，风雨中州感仔肩。
检点生涯余涕泪，夜深相对各茫然。

① 诗写于一九三六年，时日寇侵华益亟，民族危机严重。

仙山院怀古

终因一篑[1]毁全功，从古英雄感慨同。
忍见中原笼暗雾，　遽闻天国起悲风。
苍龙未缚缨[2]先弃，狡兔犹奔竟折弓。
几树木棉如火艳，　大旗红是血花红。

① 篑：盛土的工具。《尚书·旅獒》："为山九仞，功亏一篑。"
② 缨：绳子。

寄大风　得大风兄书欣喜欲狂，去别已四十余年矣

烽火仓皇一夕间，死生消息两茫然。
碧波春草思颜色，白日寒云忆塞边。
花映明窗书共读，灯残小阁夜同眠。
依稀往事浑如昨，慷慨临风记少年。

欣得越公台湾来书

四十年间几死生，空梁月落每思君。
麈谈白下时犹昨，烽火潜州忆尚新。
断梦难寻沧溟阔，片帆莫渡海云深。
离情欲说知何日，说到离情怅不禁。

赋　闲

廿载投闲怕读书，灌园长日闭门居。
头衔恰与丐相似，身价竟然妓不如。
两字高冠署毒草，一张大网捕浮鱼[1]。
华年浪掷何须说，且缀新词记劫馀。

①“文革”期间对政治面貌已基本搞清者称浮头鱼。

迎刚夫先生回大陆探亲

望断遥空雁影稀，心魂时共峡云飞。
都缘弱水成天堑，便使轻槎久不归。

湖上重逢惊白发，潜阳初识忆清辉。
流光半纪犹弹指，更盼归帆趁夕晖。

访西泠印社

社结西泠志雪泥，园林佳处此尤奇。
绿阴满地禽声碎，碧水一泓云影移。
金石情坚传印学，文章品重慕缁衣。
终教国宝还中土①，赢得清名将俗医。

① 汉三老碑曾流失日本，经印人集资赎回。

题龚自珍纪念馆

欲住温柔胆气消，几分清怨托灵箫。
幽思狂慧缘无奈，禅意诗怀寄寂寥。
剪叶才情悲世晚，护花心事惜春宵。
今朝幸不负公愿，终见嘶风万马骄。

贺《当代诗词》创刊十周年

力振风骚历险艰，南天诗纛拱云山。
十年一日情堪许，百折千磨事等闲。
敢倡危言申大义，何辞直笔儆顽奸。
执鞭我欲随辕后，骥尾从今可允攀。

悼念俞平伯诗翁

影事红楼着意猜，何期涉笔竟成灾。
滋谗积毁能销骨，明月清风可写怀。

累世黉门推望族，百年词苑羡长才。
翩然一鹤云间去，苕水幽咽落日哀。

庚午初冬偕雯雯游桐庐

忆我初来正少年，扬鞭跃马过江边。
残垣冷落留斜照，墟里荒凉起暮烟。
乡老犹怀当日恨，山川都改旧时颜。
还须痛定常思痛，垂老重临一怃然。

红　豆

红豆春来发旧枝，一枝一叶惹相思。
碧箫声断楼空早，紫玉烟飞梦醒迟。
填海堪怜精鸟志，凌波难解洛妃痴。
云屏烛冷凉生夜，忍读华年锦瑟诗。

读《红楼梦》

块垒难倾笔底诗，伤红悼绿究何之。
千秋遗韵千秋恨，一样聪明一样痴。
蘅芜人归春暖日，潇湘鬼哭夜寒时。
死生顺逆须臾事，独对银灯有所思。

重到平湖

兵声乍起伯劳飞，凉夜秋阶事已非。
系马客来楼宛在，惜花人去鸟空啼。

欲寻残梦恋幽径，忍折新枝绝旧栖。
独向永凝桥畔望，迷离陌上草烟低。

癸酉富春诗会

从来灵秀育诗人，词赋东南重富春。
笔墨常蕴山水气，襟怀时见玉精神。
虽求近变还尊古，为起今雄更创新。
高会临江秋色好，予怀渺渺对松筠[①]。

① 松筠堂为郁达夫故居。

包　销

青袍如草黯风尘，蓦地相逢话苦辛。
昔日有荣登祭酒，今朝无计乞财神。
包销一半谈何易，让利三分觉更贫。
吾道真穷堪痛哭，卖书人是著书人。

谒钱镠墓

须从草莽识英雄，变易风云一瞬中。
剑佩光摇星斗暗，弩弦声遏浪潮汹。
吴山突兀龙方起，唐室凌夷运已终。
使宅谁人怜钓叟，催鱼可惜大王风。

浙江老教授协会成立

深惭两鬓欲成霜，博士班头列末行。
过塞常思曾失马，临歧每惜已亡羊。

廿年黑榜新除籍，一席青毡老未藏。
漫说桑榆时日晚，燃藜或可尽余光。

蟹　宴　杭州某宾馆以菊花蟹宴登报招客，每席有价至一千二百元者

霜螯初老正当行，　宾馆临湖溢酒香。
岂料阔人一席宴，　真成教授半年粮。
笑纵有口难开口①，羞对无肠欲断肠。
国尚未盈民俗侈，　超前消费感彷徨。

① 杜诗“人世难逢开口笑，菊花须插满头归”。

赠王树声　树声南来，诸友邀叙于玉泉茶室，是日秋雨淋涔，凉意袭人

冷露初消菡萏香，轻纨薄袷怯微凉。
喜逢旧雨兼新雨，欲话他乡更故乡。
白雪虽欺今日鬓，青衿未改昔时装。
兰芽一盏邀君饮，别后清宵细细长。

钱塘诗社湖畔雅集

雅集消寒兴倍增，一湖烟水漾诗心。
明珠白璧应无价，絮果兰因或有情。
且向西泠留韵事，敢为南社续高吟。
浣花笺纸初裁就，试咏江山词赋新。

夜读邓选

净室明灯一卷开，无边春色映眸来。
从知倒海翻江业，端赖擎天拔地才。
力胜千钧书上字，声回万壑腕中雷。
摩挲老眼从头读，不觉钟沉月过阶。

明道弟周甲之庆次韵奉酬

欣闻周甲颂良辰，寿世更兼又寿人。
种杏栽芝春永驻，烹泉漱石景常新。
等身著述光乡梓，绕膝儿孙羡比邻。
不屑嗟来怜一饭，却羞摇尾不羞贫。

丙寅初夏与孙子良兄登吴山

红了樱桃绿了蕉，匆匆花事已全消。
几番劫后人犹健，第一峰头意亦骄。
欲揽江湖归画笔，好裁云锦付诗瓢。
寥天纵目思无际，鹏击三千沧溟摇。

退休前与程光等花港茗叙

几日轻阴酿嫩寒，养花天气怯衣单。
湖烟湖水寻常趣，山色山光别样看。
离笛数声吹不易，柔条三尺折犹难。
会当携酒听莺去，绿满前川春未残。

故　宫 二首

燕云王气久消沉，古木难添御苑春。
懿诏深违丹陛志，圣恩莫返紫台魂。
宫灯焰熄珠帘暗，宝鼎香销玉辇尘。
水可载舟还可覆，须将奴主漫评论。

禁苑昭阳尽日开，鼎湖一去不重来。
天香散绝熏炉冷，羽曲歌残宝瑟哀。
剩有庭槐空自落，惜无宫锦好遮裁。
帝京数百年间事，都付游人话劫灰。

谒女侠秋瑾墓

甘流热血起沉酣，力倾天河掀巨澜。
一代蛾眉泣风雨，千秋侠骨重湖山。
已惊壮语奋诗笔，更逞豪情托锦鞍。
立像巍巍励后死，西泠桥畔柳毵毵。

谢大风兄

让席情亲感故知，京门下榻忆当时。
谢君帷幄春风意，慰我池塘秋雨思。
拊掌灯前温旧梦，昂头天外论新诗。
珊瑚树映明珠络，敢向骚坛荐一枝。

丙寅秋与德煌夫妇葛岭赏雨

山色昏濛暗未开，一宵凉雨湿秋阶。
红梅阁圮幽魂杳，黄菊香残酒力衰。
座上狂言惊俗客，樽边清兴写吟怀。
观中道士去何处，前度王郎今又来。

鸦片战争一百五十周年

虎门力战痛摧颓，铁锁千重自此开。
帷燕不知巢覆祸，俎鱼宁识釜煎哀。
炎黄毕竟非奴种，异族何容逞霸才。
十二亿人齐奋起，羝羊藩触敢重来。

瞻谒马一浮大师纪念馆

几树寒花小阁东，清风遗翰仰高风。
江湖不废流终古，岱岳常存道正弘。
涵海襟怀和月朗，名山著述护云封。
太平开拓从今始，一代新儒百代宗。

与程融钜同志伉俪烟霞洞避暑

野蝉如沸噪骄阳，绿叶阴浓草木香。
偶向山林逃溽暑，暂求心地得清凉。
烟霞悦性玄观静，石窟栖形古佛藏。
象鼻岩前同一笑，从来舒卷事寻常。

春　深

门外春深鶗鴂啼，湖堤又见草萋萋。
残花无奈因风堕，弱絮缘何似雪飞。
旧梦惊回银烛冷，新词赋罢篆烟微。
清狂笑我还如是，日日闲吟过涧西。

辛亥革命八十周年

霹雳惊天鼎遂移，龙旗掩卷出降旗。
千年帝制消亡日，百劫河山待整时。
大局犹难停征伐，生民何易起疮痍。
承平毕竟今朝见，慰诵黄花碧血诗。

凤凰山宋宫遗址吊古

萧疏林叶堕残枝，崖壑苍凉野径迷。
半局江山无剩土，六陵风雨有余悲。
北来兵马长驱日，南渡君臣久晏时。
望断遗民何所见，夕阳箫鼓佛狸祠。

贺大风兄孙鲤嫂银婚大庆

湖畔春深翠幕低，牡丹枝上白头栖。
百年山海同心约，万里云天比翼飞。
鼓角秦川双锦韛，杖藜京邑一儒衣。
倾樽愿共今宵醉，敬祝期颐福寿齐。

沈园感旧

折断钗头凤自飞，蘼芜零落惜芳菲。
红酥一握情犹在，白首双心愿已违。
遗簟香消鸳梦杳，隔花人远锦书稀。
我来不尽低徊意，分袂何时事永非。

春　思

掠波双剪看差池，细语呢喃欲诉谁。
寂寂情怀芳讯杳，悠悠心事落红知。
成泥宁惜犹香瓣，作茧还余未尽丝。
自笑浮生徒碌碌，一年都误看花时。

与王树声兄参观曹雪芹故居

西山山色黯朦胧，恍见王孙泣路穷。
陋室昔曾藏鼠雀，荒园今尚长蒿蓬。
徒余恨血凝残碧，聊托痴心悼落红。
哭尽芹溪居士泪，潇湘寒雨滴梧桐。

戊辰暮春呈敬文师

惆怅雕梁絮语残，高楼凭遍碧栏杆。
剧怜秋雨黄摧叶，却喜春风绿满山。
林下一蹊花处好，庭前三尺雪仍寒。
平生碌碌成何事，遥瞻师门只汗惭。

云栖放生池畔忽有所忆

夹道千竿拥绿筠，清阴一路野蝉鸣。
欲从小阁寻残梦，还向苔阶认屐痕。
寺外云遮山外树，池中影失忆中人。
溪声如咽还如诉，知我伤心直到今。

再书《红楼梦》后

老屋西风自著书，萧萧黄叶一灯孤。
林槿谢后芳菲尽，脂砚磨残泪滴枯。
未许补天惭弃石，竟教沉海惜遗珠。
死生难了缘难尽，谁解金钗十二图。

雁荡道中

翠屏遥映玉芙蓉，望里烟峦更几重。
正喜长空无断雁，岂知大壑有藏龙。
岩花涧草迷幽径，古树危崖接远峰。
欲再攀缘寻去路，山深何惧白云封。

敬贺敬文师九秩华诞

忆立门墙问学时，每从片语启灵思。
倘无雅抱便无格，须有真情始有诗。
庠序推崇尊祭酒，文章硕德仰宗师。
清风鹤帐身常健，敬把灵芝进一卮。

壬申饯岁之作

一灯煮梦逼残年，翠袖天寒事若烟。
巫峡云迷情未了，浔江月冷意犹牵。
才思半竭闲花草，心力全抛断简编。
漫道青楼真薄幸，美人如玉尚翩翩。

题《鸡鸣早看天》图

啼断荒鸡曙色寒，关山望里路漫漫。
板桥霜迹人行早，野店灯昏客梦残。
西去东来缘底事，南辕北辙又何干。
总因不识男儿志，却笑风尘染鬓斑。

秋　夜

何处栏杆无月明，秋风一笛黯离情。
滴残翠竹斑斑泪，剥尽红蕉寸寸心。
洛赋吟成罗袜杳，湘灵曲罢远峰横。
可堪叶落空阶夜，又听霜天过雁声。

壬申秋与大风重访荆山

再到荆山意惘然，惊心岁月几更迁。
荒坡衰草埋幽径，落日寒林染夕烟。
白袷飘零嗟老去，青灯明灭忆当年。
同来访旧寻陈迹，昔日书斋今墓田。

题　邮

休言关隘阻重重，一点灵犀自可通。
水涨春江鱼汛便，云深秋塞雁书逢。
羽函夜急传新警，锦字宵题倾夙衷。
往事千年今已矣，好凭银翼付航空。

与郁淮同志游新昌大佛寺

林叶经霜却未凋，更添余艳胜春骄。
寒山瘦叠迎眸近，清磬微闻入耳遥。
古佛无言参妙谛，瞿昙有意绝尘嚣。
偶来同入三摩地，不悟菩提悟六朝①。

① 佛像之完成历齐梁两代。

子陵钓台志感

六月披裘是乱弹，客星犯座亦无端。
筹谋不为群生计，踌躇唯求一己安。
问世岂如逃世易，入山怎比出山难。
缘何烟雨桐江上，千古高风说钓滩。

登青田太鹤山

满阶凉露湿苔斑，鹤去巢留何日还。
山不在高仙则著，境虽非僻意仍闲。
绕城远水空明际，隔岸烟村错落间。
愿假以年增我寿，他时携屐再登攀。

九十年代岁尽抒怀

饕风挟雨送残年，遥夜心魂隔海牵。
万树寒声惊昨梦，九重春色丽新天。
鹰扬豹变情何壮，浪逐云奔志益坚。
岂虑放怀成独唱，南熏三复理清弦。

五云山赏古银杏

树犹如此我何堪，往事惊心梦已残。
锦瑟空怜余绝响，彩云深恨不重还。
江帆隐约来天际，林叶飘萧落满山。
忽觉西风吹短鬓，层崖回首几回盘。

观电视剧《啼笑因缘》

京门韵事说当时，檀板凄凉伴鼓词。
侠士肝肠凭酒热，女儿心性为情痴。
黄金或易求新价，白璧终难谢故知。
悟得因缘啼笑意，浪萍风絮落花诗。

重游富春江一首

四月春江画里行，颇黎盘拥髻螺青。
窄溪初涨鲥羹美，短桨轻摇鸥梦惊。
北阙尘昏侵主座，西台雨暗哭遗臣。
严陵若幸逢今世，未必滩头理钓纶。

瞻谒弘一法师纪念堂

梦影迢遥鬓有丝，残花委地惹人思。
十年家国飘零泪，几阕心魂婉转词。
罗绮何由捐色相，袈裟无奈绝嗔痴。
虎溪一脉甘泉水，佛乳长流礼法师。

欣闻尊重人才号召

匣剑尘生事可哀，黄金空忆燕王台。
独怜沧海珠沉碎，谁惜昆冈玉暗埋。
刍狗昔曾惊世劫，风云今起见人才。
大江日夜流千古，逝者如斯去不回。

甲子除夜

独扶残醉意朦胧，花炮声喧接远空。
灯火家家闻笑语，荧屏曲曲播春风。
开樽共对香醪绿，剪纸都成喜字红。
人寿年丰多盛事，余生愿见九州同。

读董大闲学长遗诗

犹记湖楼共读时，花光入户学吟诗。
思萦玉带杨枝曲，情系金沙[①]芍药词。
万里云天徒向往，八方风雨各奔驰。
坎坷岂独君和我，捧读遗篇恸不支。

① 玉带桥金沙港为杭州市立中学旧址。

西 施

越女如花禁殿深，倾城颜色锁重门。
离宫秋月思新泪，上苑春风去国心。
弱质竟教系社稷，计谋若此笑君臣。
一舸远载烟波渺，毁誉随人任品评。

答镇武兄即步原韵

一芥浮尘天地间，　难将敝袖掩惭颜。
生涯已是成残局，　学识无由窥半斑。
城郭日斜红树远，　湖楼风静碧波闲。
须知笠帽滩[1]边水，依旧粼粼曲数湾。

① 笠帽滩系故居前河滩。

雁 荡

翠色遥看百二峰，雁回残渚想秋风。
幽潭六月寒凝碧，叠嶂千重夕照红。
十丈龙湫飞雪练，孤擎天柱矗青空。
括苍突兀边瓯越，山水东南此独雄。

偕君岳雯雯游莫干山

清阴如水酿新凉，万顷琅玕绿映裳。
伏暑渐消瓜渐老，林蝉初咽稻初黄。
芦花荡里秋无迹，试剑池头夜有光。
一自冲天飞去后，寒芒常护斗牛旁。

甲子岁朝遥念台湾故旧

寒空低压水云荒，绝岛孤悬落日黄。
卅载音书疏断峡，几回魂梦绕池塘。
波光隐隐人何处，柳色年年草自芳。
海上秋风明月夜，遥知清泪湿衣裳。

携雯雯游天目山

煮笋山窗梦尚温，鬓丝忽忽着霜痕。
荒台久漶残碑迹，空谷难招大树魂①。
客上天然居畔望，居然天上客犹存。
寻思四十年间事，一例悲欢未足论。

① 大树王已枯死。

壬戌除夕寄一弘

堕梦荒唐不可寻，白门烟柳系愁深。
无才堪为苍生计，有笔难申赤子情。
处处红灯春夜暖，悠悠白发岁寒心。
鸡鸣风雨思无限，青鸟时希报好音。

与大风重逢湖上

寸心时逐白云飞，一发青山望欲迷。
老去情怀常寂寂，晚来别梦总依依。
今宵杯杓炧红烛，早岁风尘缁素衣。
泪眼相看还自笑，夕阳明处映芳菲。

《没有下完的一盘棋》观后

生死交情付一枰，恩仇了了意难平。
志存三户堪师楚，义重千秋不帝秦。
血指流丹奇士愤，精魂凝碧故园心。
从来唇齿相依切，何事兵戎一再兴。

感　事

何堪重对旧时觞，一刹丘陵易海桑。
望里楼台思婉转，梦中歌哭泪淋浪。
晓寒露井花无语，昼暖晴窗玉有香。
更有柔情忘不得，倚看落日系垂杨。

读　史

历劫虫沙世暗移，兴亡千古一枰棋。
冲冠不免秦庭怒，怀璧何如楚客悲。
塞外琵琶人去远，驿中铃铎梦回迟。
行行史事从头读，眼底风云笔底诗。

遣　怀

坐对青冥岁月荒，未容濯足入沧浪。
接天海气连云气，匝地花光映鬓光。
瀛客神伤君子国，英雄魂堕女儿乡。
只今一事犹堪忆，立马秋风曾受降。

题赠嵩山少林古寺

嵩岳云遮护少林，东来衣钵直传今。
参禅则在明禅意，尚武乃求弭武心。
弘法无量悲世劫，降魔有杵护轮音。
袈裟未了红尘事，救苦寻声大愿深。

乙亥春暮

花气微薰日渐长，帘钩风静玉兰香。
懒题红药吟情减，闲抚青萍壮志荒。
早岁征程怜辗转，暮年吟事感彷徨。
艰危历尽还如此，不学江东楚霸王。

忆　远

寂寞湖阴黯四围，双峰云阻失相依。
渡头桃叶人终杳，驿畔梅花讯早稀。
心影渐随尘事淡，眉痕犹忆黛烟微。
堤边别后无消息，芳草年年总不归。

伤逝二首

悄对双星事岂遥，晚来常忆玉栏桥。
今宵灯影添惆怅，昨夜跫声转寂寥。
眉际我怜清怨结，心头谁识薄愁浇。
月明沧海情何似，缈缈离魂恨待消。

最忆楼前月上时，拂墙花影恼人思。
喑残春恨凭谁诉，揉碎秋心只自知。
恩怨几番何用说，忧愁如许岂能支。
缠绵抵死情难释，缚茧冰蚕尚有丝。

偶　作

浅黛微波半未匀，难凭秦镜觅伊人。
落茵堕溷原无意，流水行云或有因。
一片诗心风韵淡，满庭花气露华新。
筝弦虽歇焦桐在，不信星辰只昨辰。

登白荡海五楼新居

潮落潮回又一秋，如潮梦影上心头。
江声隐隐嘉陵渡，花事匆匆白鹭洲。
红袖已消双去桨，青山未老独登楼。
今朝好借门前水，浣却离愁与别愁。

浙省老年大学赏菊诗会

蝶魂花影两迷茫，晓起园林薄染霜。
不是居甘三径冷，岂能占尽九秋香。
人虽有意怜红紫，我自无心论白黄。
当世伊谁思五柳，何如相与对壶觞。

大风戏署拙居为望海楼并促题句漫成一律

海气迷濛接大荒，沧桑阅劫感茫茫。
三千劲弩骄吴越，十万胡骑祸汉唐。
金屋花娇人似玉，铜盘露冷月如霜。
江山无限谁收拾，会见英雄定一匡。

重建青柯[①]亭题句

一卷聊斋志鬼狐，荒烟冷月照庭芜。
亦痴亦慧情堪掬，似幻似真事未殊。
颠倒人妖寻异趣，因缘文字感同途。
名推说部传天下，亭树青青总不枯。

① 清乾隆三十年，严州知府赵杲竭资校刻《聊斋志异》，此为最早问世之版本，世称青柯本。

香岛回归前一日与汝煌浣萍诸友小叙于孤山一片云畔遇雨

此情此际知何似，恰共闲云一片飞。
港澳珠还今有日，台澎璧合岂无期。
山间石瘦梅犹古，湖畔亭空鹤未归。
不觉浣花笺纸湿，香温茶熟雨霏霏。

香港回归有日喜赋

忍拨昆冈旧劫灰，沉江铁锁恨犹埋。
百年积耻今终雪，一代雄图此已开。
大陆风雷看震荡，海隅骨肉喜归回。
更期台岛迎还日，烂醉扶头尽宿醅。

丁丑暮春赋此寄意

夕阳山外远峰青，落落孤怀接渺冥。
宁有空花来入梦，曾无片玉可通灵。
性耽词赋甘萧索，泪堕风尘惜娉婷。
谓我何求人岂解，桥边吹笛夜谁听。

丙子新秋与汝煌墅园茗叙

天容才抹一分秋，郭外园林暑乍收。
聊借清芬蠲俗虑，暂偷忙日作闲游。
江山助我怀今古，风雅从君乐唱酬。
放眼浮云无限意，英雄竖子说曹刘。

丙子冬至前半月游莫干山

山中两日暂勾留，未免寒生高处忧。
竹韵欲流侵短榻，泉声如语入重楼。
诚知锋刃凭磨砺，会见光芒逼斗牛。
自笑谈兵皆纸上，无端白了少年头。

克林顿总统访华夜抵西安

西来银翼夜横空，欲与中华认所同。
对抗何如对话好，买刀未若买牛功。
辞锋圆转逞雄辩，意态从容摅悃衷。
三不重申坚信守，川归大海水流东。

纪念谭嗣同殉难一百周年

云山无限莽苍苍，昂首横刀顾八荒。
一诺何容计生死，孤怀应许系纲常。
赌头似负江湖气，誓志堪同日月光。
流血请能从我始，千秋只语拜浏阳。

秋　夜

孤枕埋愁入梦乡，何须浊酒托轻狂。
一生肝胆还如此，半世风霜亦未妨。
短笛无腔虽自得，长门有赋总堪伤。
等闲身在江湖老，天地悠悠岁月荒。

秋　意

语急秋虫白露滋，呼灯篱角忆儿时。
庭蕉欲悴凉初透，园菊才花岁渐迟。
一样月明非昨夜，几回潮落是归期。
年年此际增惆怅，空有云軿海上思。

春　思

再番心上自温存，眉妩青青尚有痕。
但把悲欢归一例，休教恩怨更重论。
半生犹系将残梦，九死难求未返魂。
又是城南春草绿，空怜漂泊怅王孙。

春日忆远

梦杳香残不可寻，墨痕难认旧吟襟。
休栽凤竹愁闻笛，故焚鸾胶怕理琴。
露湿红绡池阁冷，霜飞黄叶雁鱼沉。
料因消息洪乔误，望断蓬瀛又到今。

戊寅元日偕雯雯登玉皇山

登临此际意如何，往事浮云一瞬过。
槛外江湖容指点，堤边烟树供吟哦。
清新霁色添幽兴，骀荡春光发浩歌。
回首苍山斜日里，余霞天际晚来多。

世纪回眸

中华儿女誓争先，百载回眸事若煎。
四野寒声惊昨梦，九州春色丽新天。
紫荆竞艳歌完璧，红藕吹香赋采莲。
九九终须归一曲，金瓯重整续前弦。

有客来谈白门旧事时经半纪心影犹存因赋一律志慨即寄越公吟正

橐笔秦淮事未忘，情思遥接峡云荒。
吟怀别后曾无减，心字烧残尚有香。
白鹭洲边归短棹，乌衣巷口忆斜阳。
离衷倘许重逢诉，我乞今生愿早偿。

丁丑仲秋谒大禹陵

十年劫火此留痕，石兽重新断碣存。
诋尽百家偏尚法，宠归一帝独尊秦。
崇陵不废青环阙，古柏犹荣绿映门。
天下滔滔疏则畅，金箴万世示儿孙。

己卯初夏杭市汛情告急夜难成寐

雨急如狂梦亦惊，恍闻撼海怒涛声。
朦胧眼对孤灯影，忐忑心连万户情。
砥柱有功夸战士，绕床无计愧书生。
人为鱼鳖缘何事，应是填河伐树成。

己卯除夜

几烛犹明守岁残，自温杯酒祛宵寒。
几番哀乐余心影，百载风云过眼看。
苍狗白云形易幻，离情别绪意难宽。
龙门十丈惊天浪，回首生平感万端。

别　绪

桥边别后只神伤，水逝云浮各一方。
月色依然当日槛，箫声何处旧时墙。
吴蚕已老抽绵尽，燕草如丝引恨长。
潮落潮生空有汛，迷天飞絮正茫茫。

己卯中秋时台海形势渐见缓解　二首

碧落迢遥夜气清，纤云悉卷净无痕。
秋风海上人千里，明月楼头雁一声。
萁豆忍教煎骨肉，江山唯愿息刀兵。
今宵转觉增惆怅，起看中天北斗横。

侧身天地感苍茫，羞与蚍蜉竞短长。
月易再圆虽有序，年难还少却无方。
人情冷暖皆亲历，世味辛酸亦备尝。
省识姮娥甘寂寞，只因捣就玉砧霜。

丁丑岁朝抒臆　二首

水逝云浮世暗移，风霜渐侵鬓成丝。
檐前负曝身心热，楼角看山情性怡。
已是寒花映浅涧，犹惊枯叶堕危枝。
无情日月随钧转，冬去春来换岁时。

前情如幻恨如丝，欲理还难悔已迟。

跃马关山羸涕泪，屠鲸沧海愧须眉。
无求未必人能解，有约何妨我自知。
塘外轻雷闻昨夜，杏花消息不须疑。

丁丑春节后五日偕雯雯同登吴山

远村云树晚烟萦，水暖春江两岸明。
眼底楼台千叠起，胸中块垒一时倾。
南来立马骄何甚，北去传车恨岂平。
正自低徊悲往史，忽闻花处有啼莺。

贺《江西诗词》创刊十周年

白鹿衍宗有所师，诗雄一代久钦迟。
春云才藻吟情逸，秋水文章笔力奇。
盛世元音扬大雅，微言深义励清时。
十年卓著词林誉，高揭滕王阁上旗。

秋　思

凉风天末起离思，一叶庭梧下故枝。
尺素犹存人去后，寸心常系雁回时。
沧波万里秋何似，白发孤灯恨可知。
听尽残钟窗色晓，虫声如雨意如痴。

南普陀五老峰相思树

泪湿苍梧月夜烟，恍闻湘瑟怨清弦。
痴魂应共浮云远，幽梦难随逝水迁。

地老天荒情恻恻，珠残玉缺恨绵绵。
寸心一瓣红如血，未了相思未了年。

端　阳

绿满新蒲艾叶香，熟梅天气又端阳。
书黄尚忆儿时趣，浮白何输壮岁狂。
诗胆岂因刀俎怯，琴心不共水云荒。
望洋犹起乘槎志，欲驭龙舟竞远航。

丁丑岁暮

久历艰危世味谙，苦辛毕竟甚于甘。
孤村野店霜晨雁，绝域荒山雪夜骖。
忍此我之应可忍，堪他人所不能堪。
黄鸡白发何须唱，俯仰无惭好自参。

张抗抗著《赤彤丹朱》读后

此是无声血泪词，几回掩卷独沉思。
死生旦夕诚难问，骨肉分离自易知。
大胆怀疑构陷日，小心交代过关时。
前情似梦还非梦，一觉荒唐两鬓丝。

玉泉公园初夏

十风九雨送春光，绿荫园林水阁凉。
已是禽鸣新节候，依然草色旧池塘。
曾无好句酬清茗，唯有残花堕薄裳。

欲使芳馨遗远抱，任它蛱蝶过西墙。

墅园赏白芍药

宜喜宜嗔总可人，含烟和露未调匀。
风鬟依约疑巫女，水袖伶俜想洛神。
何用胭脂求媚俗，不须颜色亦倾城。
花时岂共流光谢，谁说荼蘼了却春。

据《雷雨》剧主题词意用伤蘩漪

休将纨扇怨秋风，身在罗绮香泽中。
九转难回痴忒甚，一苇莫渡愿终空。
沉雷未起犹眠蛰，急雨先摧待死桐。
我欲为卿夸肝胆，亦狂亦慧更谁同。

丁丑岁除

水流花放自年年，又觉春光到眼前。
去日但惭功德浅，来朝唯盼子孙贤。
红灯照户明长夜，彩爆喧空接远天。
安得边荒贫尽脱，同斟新酿暖心田。

蜀游　四首

己卯冬日偕叶胜登峨眉金顶

一愿难偿意未休，峨眉万丈又何忧。
猿猱不度终能度，鹰隼堪留亦可留。
林壑沉沉岚色暗，乾坤莽莽日光浮。

偶然回首崖前望，已在群山最上头。

谒武侯祠

日暮来寻丞相祠，摩挲重读少陵诗。
两廊冠带怀前哲，一羽云霄启后思。
沥血孤忠情易鉴，倾危残局势难支。
吞吴遗恨成千古，谨慎缘何不复持。

访杜甫草堂

不见柴门隔水临，浣花溪畔草堂深。
竟无长策筹经济，唯有诗名著古今。
肠热黎元悲永夜，情忧社稷寄长吟。
十年贬抑诚堪笑①，湛湛青天万世心。

①“文革”期间抑杜扬李。

登浮图关

登关一览感难禁，影事如尘岁月骎。
道途风烟乡讯绝，山川烽火客愁深。
新城全改当时貌，旧梦零星何处寻。
江水悠悠流不尽，海天寥落故人心。

重到金陵

梦已难寻却再寻，金陵一别岁时深。
桥边野草添新色，城外江潮似旧音。
无限低徊生死感，空余寂寞海天心。
秦淮细雨春灯夜，揾泪何人暗湿襟。

庚辰春冒雨谒中山陵

层峦犹见郁苍苍，钟阜龙蟠映带长。
一举正期搴赵帜，万方未靖失昆冈。
陵迁谷变山河异，地转天回日月光。
白首重来堪破涕，任他寒雨湿衣裳。

参观嘉业堂藏书楼

漠漠轻阴冷桂花，林园萧瑟静无哗。
惊心劫火留残简，入抱清风驻客车。
东壁余藏谁检拾，南浔遗泽此人家。
绕村一曲苕溪水，犹带书香似若耶。

庚辰暮秋偕雯雯游烟霞洞

凉叶飘萧日色幽，天容闲淡白云浮。
三年未入烟霞路，两壁依然薜荔留。
好向危楼舒眼倦，且凭清茗展眉愁。
倚栏不觉钟催暝，愿有暇时得再游。

何处高楼

何处高楼咽玉笙，空庭人静月华明。
别枝惊鹊原无奈，抱树寒蝉自有情。
堤畔春波愁照影，池中秋雨怯闻声。
海天无尽云山远，况比云山远万程。

读《三草集》 纪念聂绀弩诞辰一百周年

掩卷唏嘘未忍看，一时诚觉笑啼难。
既庄且谑心良苦，似喜还悲泪暗弹。
不料名登牛鬼录，竟然身入死生关。
吟成三草应无恨，青史于今哭比干。

应朱为民邀赴恒庐作消寒茗叙

小叙恒庐话岁残，湖山烟雨夜方寒。
灯昏似雾迷银座，筝语如珠落玉盘。
暂借数杯湔杂虑，聊凭一曲尽余欢。
情殷不惜时光贱，浅唱低吟兴未阑。

癸未元日

岁树寒梅傍水隈，春光忽觉又重来。
风欺雪虐从容过，柳眼花须次第回。
一席推心虚上座，千金市骨拱高台。
煌煌新写中华史，万世承平自此开。

壬午中秋

碧海迢遥两地心，飞霜愁看鬓边侵。
栏干露湿秋光冷，庭院月斜夜色深。
天道盈亏常不变，人间离合古犹今。
年年此夕情难遣，陌上何时待好音。

瞻谒翁同龢纪念馆

驻车来拜彩衣堂，手泽犹余翰墨香。
事有难言何惨切，情无足述忒凄凉。
两朝帝傅勋名重，一片臣心道义长。
只恨西宫疑不解，空将痛泪答君王。

癸未岁朝

花炮噤声接早春，如何年景忽成尘。
时移便使民风易，境异从知世味新。
海外兵氛忧正急，国中吏治振方欣。
行看大陆龙腾日，一体倾心瞻北辰。

读《姚鹓雏诗词集》

忆昔兰台共岁残，秦淮月白夜窗寒。
题诗韵雅云间笔，吊梦情幽堤外山①。
弹劾每嗟官箴失，倾谈时惜世风颓。
于今化鹤归来晚，独对华亭泪不干。

① 先生曾为苏曼殊题《分堤吊梦图》。

雍和宫观礼

应是华严会上因，维摩花落座间身。
前生未了当生业，他世如逢隔世人。
不二法门心即性，大千境界幻耶真。
僧家半日闲难及，片刻勾留亦可珍。

读《董竹君传》

艰难尘世几浮沉，一线生机苦自寻。
美眷柔情慈母泪，英雄侠骨女儿心。
奋飞只羡天空阔，蛰伏何忧地浅深。
风雨百年人去也，锦江遗事说而今。

悼念张学良将军

一举惊天民意扬，西京兵谏事非常。
干戈玉帛诚堪慰，生死鸳鸯亦可伤。
何忍贻羞丧国土，空蒙大罪失辽阳。
昭昭日月情能鉴，亘古男儿张学良。

为住在杭州之新口号而作

果然难得住杭州，塔影波光共一楼。
万死精忠祠永在，三生盟誓石犹留。
文澜汲古书香溢，龙井分茶茗趣幽。
更是银旗驱白马，潮声醒梦曲江头。

临海宾王阁

试看天下当谁属，一檄铮铮掷地金。
鹏路久怀兼济志，龙宫深锁寂寥心。
英雄未必系成败，肝胆还须照古今。
去也不知何所往，宾王阁里憾难禁。

答赠胡琴伯同志

忆昔云翻黑浪高，诗魂已断国魂消。
一钱不值长门赋，三弄何惭吴市箫。
且将旧情归旧梦，更从新圃育新苗。
挥戈逐日情还切，瞩目前程路尚遥。

读《彭德怀自传》

虺蛇心术究何居，射影喷沙尽子虚。
千古冤深三字狱，五中情切万言书。
潮喧日夜悲无已，笔挟风雷怒有余。
恸哭长城空自坏，黄云莽莽独愁予。

登吴山极目阁

好向长空豁倦眸，天风扶我上层楼。
山间祠宇俱陈迹，槛外江波空自流。
此日江山欣有托，今朝人物羡无俦。
老骥枥下心仍壮，愿奋衰蹄逐上游。

与雯雯游龙井

春色如酡欲醉人，乍寒乍暖过清明。
听泉试茗情犹昔，剔藓寻碑迹尚存。
隔席歌传声婉转，当庭花放气氤氲。
且将一掬龙泓水，涤我心头十斛尘。

与磐磐雯雯阿东冒雨游南屏

山走云移势欲飞，　南屏风雨景何奇。
倾囊买醉情诚壮，　击节高歌意转迷。
沧海浮螺[1]堪寄迹，长天泼墨任评题。
今朝顿有忘年感，　老去谁云万事非。

① 石屋洞内有沧海浮螺古穴。

聆大关小学乐队演出

无邪笑靥映红巾，一阕高歌响入云。
春日春风化春雨，新天新地育新人。
管弦乐奏工农颂，曲谱欣传鱼水情。
余韵绕梁犹在耳，此系时代最强音。

悼许炎

何期小别竟长辞，　离合无端岂可知。
黄叶飘零君去早，　青袍萧索我归迟。
广陵曲散留余痛，　梁月空明系梦思。
最忆南园[1]风雨夜，一窗灯火共谈诗。

① 南园为原宗文中学内景区。

海宁观潮

一霎风雷天际来，玉龙狂卷雪成堆。
纷飞鳞甲翻江底，尽挟泥沙入海隈。
云树依然资领略，江山如此足徘徊。
长堤斜日人归去，喜见桑麻夹路栽。

杭师旧友西泠聚餐

满堂喧笑逞豪情，脂酒凝香溢玉樽。
细柳似烟春有讯，华灯如雪夜无痕。
文章得失从头诉，世事纵横把臂论。
一语相期须共勉，好为桃李植深根。

谒张苍水祠

地坼天崩社稷倾，东南半壁欲全沉。
廿年坚持孤臣节，百折难回志士心。
蔽野旌旗昼黯黯，横江兵甲夜森森。
荒祠寂寞今谁问，唯见寒鸦噪暮林。

云栖学习

满山虫语夜方阑，忐忑心魂梦不安。
投杼史传贤母惑，解衣谁念故人寒。
半生都为浮名累，百喙难求积咎宽。
我欲将心托明月，一天月色不同看。

倩　魂

空阶虫语响如潮，一缕倩魂何处招。
卅里烟波无奈月，满庭风露可怜宵。
玉楼人去休重说，珠箔灯昏只独挑。
如此情怀如此夜，是谁肠断跨虹桥。

游颐和园

燕云黯淡八旗昏，碧树难添御苑春。
懿诏终违丹陛志，銮舆莫返紫台魂。
金灯焰息明珠暗，宝鼎烟消玉碗尘。
水可载舟还可覆，主奴谁属漫评论。

壬申初春与程融钜赵德煌等老友同游钓台

短褐轻车载酒游，老来不谙是春愁。
一江水碧流残梦，两岸峰青豁远眸。
猿鸟有情堪结伴，庙廊无意作勾留。
严陵心事谁能识，却把渔竿傲帝侯。

填　恨

填恨年年说怨禽，谁怜碧海竟珠沉。
唯将片石三生意，聊慰枯桐半死心。
徒有离情怀往昔，了无归梦到而今。
何堪卅载零丁事，忍看脂痕褪旧襟。

七九初度

骇浪如山亦惯经，死生骨肉感零丁。
尝思揽月凌霄汉，曾为求珠入渺溟。
悼绿伤红徒有恨，学朱近墨叹无灵。
云烟过眼休回首，目尽沧江一发青。

重游雁荡

几点青峰认括苍，重来擘笺写秋光。
冷云度雁迷残月，昏树栖鸦噪晓霜。
岂有豪情容放浪，尚余诗胆任披猖。
岩前百尺龙湫瀑，直是飞流堕大荒。

中华诗词学会成立献辞

一脉诗骚继远芬，江山人物与时新。
清隽春草池塘句，慷慨秋风易水吟。
应识双峰宜竞秀，当知众木可成阴。
崎岖历尽些须事，自有中华不死魂。

感事一首　天津某制品厂引进设备露置三年成为废铁

诸公衮衮究何心，慨当以慷炫古今。
二十万金成粪土，一千余日任霪淋。
难凭秃笔抒深愤，敢效凉蝉作细吟。
销尽铜山原易事，可怜膏血属人民。

灵峰道旁早梅一朵凌寒独放

晓烟漠漠掩层峦，行过青芝坞几弯。
绿蕊初含怜绰约，缟衣忽沓梦阑珊。
香浮万顷思来日，玉映千枝待满山。
泄漏春光才一点，犹须耐得岁朝寒。

己巳年元夜

几家儿女约黄昏，花自馨香玉自温。
绕市车声连十里，高楼灯火映千门。
任凭酒价翻双倍，更借吟筹倾一樽。
如此良宵转惆怅，海天犹阻未酬恩。

己巳迎春试笔

鞭炮惊听又换春，惺忪慵敧觉微醺。
时奢转惜人情薄，老至翻耽诗味醇。
尽力难酬唯俗务，扪心无愧是清贫。
今朝更与梅花约，伴我斋前共此身。

金华诗会贺诗

一代开宗居上游，金华词赋孰堪俦。
寻诗辄忆双溪棹，载兴同登八咏楼。
琼树幽藏龙窟窅，冰心凉浸玉壶秋。
婺州风物多如许，尽与骚人笔底收。

与何笑男女弟同游冰壶洞

红树秋山夕照明，打肩落叶晚风轻。
方疑幽谷迷无路，骤觉奔雷怒有声。
非若川前银汉堕，恰如天上玉壶倾。
此来略识闲中趣，更约相扶他日行。

海湾近事

域外兵氛喜渐清，海湾忽报战云横。
何堪微命残汤意，不尽昆灰劫火情。
功过分明原易识，干戈俶扰却难平。
忧思竟夕心如捣，况是风声更雨声。

电视《粉墨情痴》

荧屏粉墨记情痴，啼笑皆难且任之。
旦末净生虽自许，伤残病死却谁知。
哀弦低奏凄凉曲，檀板轻歌血泪词。
听罢夜深沉一阕，几回蹀躞自沉思。

欣贺浙江省诗词学会第四次年会在青田召开

秋光一路入青田，扑面车尘沾鬓边。
几处苍山萦晓雾，满川红树带寒烟。
诗心不共禅心冷，胆力还凭酒力添。
席上相逢重寄语，同珍吟事惜流年。

癸酉岁除

幽恨年年只自知，呕干心血意何痴。
又逢欲去还留夕，正是方来未尽时。
腊讯渐残添柳色，春光先泄到梅枝。
且扶余醉朦胧睡，一任明朝日上迟。

辛亥女侠尹维峻夫妇尸骨抛荒四十载近始得葬以诗志悼

帝制千年一举摧，河山光复仗风雷。
黄花碧血沉酣觉，衰草寒烟野哭哀。
侠胆真堪昭日月，忠骸何忍委蒿莱。
悲歌聊当招魂赋，黑塞青林归去来。

再到於潜

九死余生亦偶然，重来寻梦梦成烟。
青山过眼犹相识，白发盈颠只自怜。
烽火仓皇思往日，风光绰约记当前。
故人消息竟难问，唯有滩声似昔年。

丁丑夏与蒋杏沾兄及罗仲鼎伉俪莫干山赏雨

风停蝉响寂，雨过瀑声喧。
雾锁峦痕淡，云遮山色昏。
分茶今日趣，合剑昔时恩。
畅论容移席，长吟且对樽。
难禁三宿感，相与话寒温。

故宫九龙壁

破壁知何日，惯经风雨侵。
批鳞谁有胆，攀髯我无心。
徒见凌云势，未闻动地吟。
宁能因际遇，飞去海天深。

古　诗

我是中国人[①]

我是中国人，一语何铮铮。可以振聋聩，可以醒国魂。中华拓土五千载，古国文明史所称。山川毓奇秀，人杰得地灵。文治与武备，历代著功勋。疾风劲草多忠荩，业绩彪炳耀史乘。君不闻，屈子吟，抒寄孤臣耿耿心。乌头白，马生角，苏武吞毡北海滨。富贵不淫威不屈，文山正气泣鬼神。近世英雄更辈出，不惶一一举其名。此乃中国之脊梁，亦为百世之典型。纲纪赖不堕，国脉借永存。浙省青田县，侨乡久著闻。邑民多勤恳，涉外善经营。中有旅意华侨胡锡珍，艰难创业历苦辛。忽逢二次欧战起，巨产不幸遭侵吞。纳粹终覆灭，寰宇尽欢腾。产业可还息可补，只须承认系意人。如能得允诺，立致百万金。胡君闻言怒不禁，黄金岂能动我心。我是炎黄之后裔，国格人格需保存。去去休再论，大喝一声尔且听："我是中国人！"胡君一言何铮铮，为我侨胞树典型。

① 第二次世界大战期间，旅意华侨胡锡珍财产大部分被没收。纳粹投降后，意籍人财产可以全部发还。胡君拒绝在名单上签字，怒

极答称“我是中国人”。

老骥吟

行百里，半九十。老骥奋蹄犹不息。追云逐月势如风，想见天骄好时节。饰我金绦勒，饮我长城窟。破坚垒，冒锋镝。甘与英雄共生死，为我堂堂大国存气节。讵料一夕间，狂风起天末。时闰厄黄杨，盐车驱负轭。虽云岁月逝，壮志还如昔。忽起惊雷苏大地，世有伯乐幸我识。再复效驰驱，奔腾过关隘。任重而道远，成败争朝夕。却忘老已至，此心犹汲汲。呜呼！古有千金市骏骨，黄金台畔精英集。振中华，兴大业。举才邀贤思若渴。齐戮力，胜可必。跃上昆仑三万尺，扪天试把星辰摘。

二〇〇〇年西湖博览会之歌

搜尽人间山水窟，西湖从古尽皆夸。六桥烟柳移轻舫，九里云松走碧车。白云萦绕双峰立，插破青天势突兀。未妨携屐上韬光，纵目遥观沧海日。月中桂子堕天香，宝刹云林古道场。灵鹫飞来不飞去，东南石窟媲云冈。更有南山净慈寺，落日晚钟暮烟紫。雷峰塔址尚能寻，夕照山头觅标志。虎跑泉烹龙井茶，清馨助汝笔生花。一杯顿觉除烦渴，知出狮峰第几家。高峙临江六和塔，野壑松风声飒飒。月影涛声诚壮哉，大桥横卧波光合。春日莺花处处新，荷香曲院暖风轻。平湖月白秋空净，雪满孤山香满身。宜晴宜雨都如此，四季风光俱旖旎。时时好好亦奇奇，况有人文相表里。两千年史渺难论，往事依稀尚有痕。大佛院中岩脚下，秦皇系缆石犹存。满堂珠履钱王宅，谋士如云多长策。三千强弩射潮低，如吼白龙皆辟易。苏白风流尽所知，纵横词笔写当时。郡亭枕上听潮句，湖畔楼头看雨诗。于岳精忠同节烈，耿耿丹心映碧血。孤悬绝岛抗鲸鲵，张苍水墓丰碑立。秋雨秋风愁煞人，蛾眉热血洒乾坤。余杭更有章夫子，骂贼何人可与伦。佳话如许何胜述，不遑觇缕举一一。此间风物足勾留，山水人文无其匹。博览盛会欣重开，中外宾朋联袂来。场馆纷陈炫异彩，繁荣经济聚资财。入夜明灯如白日，楼外风高笑语溢。酒阑兴尽客辞归，犹听邻舟弦管急。百年幸遇太平时，游侣倾城乐可知。纵是湖堤旧花柳，也沾雨露发枯枝。世纪初开万代春，民丰物阜国威伸。已看港澳归完璧，会见台澎步后尘。漪兮盛哉！西湖博览会，天时人事两无伦。湖山如画开新页，更创辉煌待后人。

词

踏莎行　集珍斋雅集谨步草君女士原韵

粒蕊吹香，柔丝慵软。群峰寒压湖波满。邀来诗侣占吟筹，珠玑都落情难绾。

感慨同深，清才谁冠。幽怀每被离怀乱。亭空鹤去几时回，年年芳草行人远。

卜算子慢　春日湖上寄远

柳压长堤，烟笼远树，独倚栏干无语。却下湘帘，燕子偏引离绪。惜分飞、容易流光度。海天遥、音书难寄，惆怅伊人何处。

忆兰舟轻系，向西泠桥边，衷情低诉。其奈今朝，一样相思正苦。劫波残、怕写重逢句。盼摒挡、尽早归来，云水光中住。

满江红　迎亚运　颂国庆

积辱如山，多少载、辛酸咽噎。忍回首、铜驼残照，秋风荆棘。刀索牢笼归一笑，红花冈上先驱血。挺脊梁，睥睨向人寰，昂头立。

移星斗，换日月。扶覆悚，著勋业。易有云，君子自强不息。眼底肯容余子在，中华儿女谁堪敌。看亚运、矢志夺金牌，逞威力。

扬州慢　以词代简寄我怀人

飞尽春红，听残秋雨，等闲又到而今。记别离时节，正鹧鸪声声。空惆怅、千顷沧波，缠绵两地，梦也难寻。待何时，摘尽愁叶，铲尽愁根。

归帆数尽，凭谁诉、如许深情。看断峡烟昏，荒屿雾锁，徒费沉吟。今日湖山更好，曾记否、携酒花阴。纵海云无际，料难遮断乡心。

水调歌头　庚午中秋

庭桂湿香露，归雁带秋声。料知婵娟天上，难遣此时心。应悔暗偷灵药，换得霓裳寂寞，歌袖永飘零。死生徒有愿，空负海山盟。

流光易，忽又见，一年更。却喜清辉依旧，缺了复还盈。纵是无情岁月,偏是有情诗酒,着意惹人亲。且共今宵醉,再把几卮倾。

满江红　寄台湾故旧

卅六年矣,凭谁问、死生契阔。凝望处、茫茫烟水,海天空碧。花落花开余怅惘,雁来雁去无消息。慨而今、骨肉尚飘零,情思切。

角声残,江南月。铁衣寒,塞北雪。曾记否当时,救亡喋血。煮豆燃萁何足取,阋墙御侮应须识。敢相期、共补此金瓯,毋使缺。

菩萨蛮　奉和朱渊翁春游纪事

荣枯刹那都成故,落茵堕溷随缘遇。三宿悟空桑,庭前草自芳。

未妨形影独,好享清闲福。漫惜雁飞孤,回翔一任吾。

附朱渊词一首

菩萨蛮　辛巳春分后二日偕琴翁访徐钦耀纪事

白头倾盖浑如故,萍踪临暮天教遇。孑影说沧桑,余生兰蕙芳。

无嗟鳏与独，笑话儿孙福。心迹片云孤，天年堪慰吾。

金缕曲 钱塘诗社创建十年艰辛历尽赋此寄大风

十载流光急。算赢得、鬓发萧疏，肝胆冰雪。借取西湖烟水气，滋润灵根灵叶。我与兄、苔岑谊切。忍见幽兰荒故土，灌芳丛沥尽心头血。甘寂寞，送晨夕。

千难百险相携越。又何曾、攒愁眉，问天呵壁。古训谆谆常铭记，君子自强不息。为后世、扶危立极。今日中华如锦绣，绘河山还乞才人笔。邀知己，继伟业。

金缕曲 浣萍女史伉俪旅法思返，以归燕寄意谱金缕曲，情思婉转，读后感从中来，乃循声赋此

细语呢喃啭。似诉说、故垒难寻，谁家庭院。梦冷雕梁春影瘦，况是朱楼人远。对亭台，空怜缱绻。无可如何终去矣，只剩得夜夜肠千转。情欤痴，真欤幻。

湖山终老成虚愿。徒辜负、陌上堤边，花娇柳软。帘外斜阳天欲暮，一片落红零乱。蓦地里、流光暗换。廿载投闲心更苦，数从头多少恩和怨。教海风，都吹断。

附俞浣萍词一首

金缕曲　与仲鼎巴黎探女将归

瀚海漂流远。忆来时、情移景换，去巢双燕。幸有衔枝涂泥力，暂得小窠栖蜷。且试并、差池双翦。古堡荒凉浓荫在，更宫楼塞纳斜阳晚。千草地，百花甸。

等闲又识秋风面。乍飘零、梧桐黄叶，薄寒盈苑。纵有广原连绮陌，此旅行行已倦。归去意、心萦眉罥。还记当时西子月，隔重峦又照湖山满。蟾兔冷，桂如霰。

跋

王老斯琴吟丈录存历年所作诗词，即将印行，远道驰书嘱为题跋。余生也晚，学未博而名未显，于先生韶濩雅调，师事固已有余，跋之则力未能逮。然识荆数载，备荷奖掖，以苔岑之相契，作诗道之探索，忘年之交，早成莫逆，情无可却，勉述以下个人心得，亦野人献曝之微意云尔！

先生诗多近体，七言律绝尤佳，以情韵胜，就中尤感人者乃悼亡忆旧之作。以其夫人殒于"左祸"，毕生缅怀，迄未续娶，自谓"守节"，其峻洁亦可知矣！发为歌诗者，如《红豆》："折碎珊瑚认故枝，抛残红豆绝相思。蓝桥有约愁何似，碧落无声怨已迟。填海堪怜精鸟志，凌波难解洛妃痴。云屏烛冷凉生夜，忍读华年锦瑟诗。"又《洛浦》："洛浦珠沉四十年，寸丝未尽尚缠绵。衔泥故垒徒惆怅，飞絮天涯只惘然！竹里烹茶情若幻，梅边吹笛事如烟。渡头欲问星槎客，此去支矶路几千?"风格婉丽凄清，深情绵邈，极一唱三叹之致！如中宵梵呗，令读者哀乐不知所主。又如"唯将片石三生意，聊慰枯桐半死心""眉际我怜清怨结，心头谁识薄愁浇""从此春波愁照影，至今秋雨怯闻声"等句，藻采芊绵，深衷隐厚，读后令人生无可奈何之感，纳兰悼亡之词，仿佛近之！

先生抒情诗要眇之文词及表达心境意绪方面似略与词通，主要表现在体物细致、音情摇曳方面。至于艺术上追求心象与物象之统一，将复杂矛盾甚至惘然莫名之情绪借助于诗心之巧妙生发，铸造成若雾里繁花般之朦胧诗境，复参以庾信之"老成"及杜诗之"沉郁"，臻于凄美与沉郁之统一，即所谓"沉博绝丽"之境，遂又有与词不尽相同者，实乃健笔写柔情之成功典范，故能感人感己。余每诵先生抒情佳构，辄不自堪，盖恩格斯所谓：“世间一切痛苦之中，唯爱情之痛苦最高尚、最个人。”旨哉斯言，执此以读先生诗，宁无感乎！

先生诗题材宏富，千辟万灌，力矫凡庸，大抵细腻中见深厚，精巧中见浑成，周明道先生誉之为“冠绝杭郡”，诚非虚语。其近作《自况二律寄我同怀》其一云：“九十春光黯淡过，故园风雨落花多。莺声已老怜余韵，蝶梦将残怅逝波。猿鹤虫沙归寂寞，江山人物付吟哦。明朝欲再登金顶，海日迎眸发浩歌。”诗笔健挺，雄浑苍老，结尾高唱入云，不愧大家手笔。又如《读史》：“汉阙秦宫曾几时，来潮岂待去潮迟。江山代有才人出，天地从无造物私。一夕风云能变色，千秋日月总常驰。临窗闲读兴亡史，龙战玄黄启我思。”俯仰今古，宾客万象，慨当以慷，如此吊古，可谓神交冥漠。绝句亦复精工，如《中秋》：“寥廓无声天地宽，清光万里照团圞。自怜肝胆皆冰雪，一任飘潇襟袖寒。”清空一气，骨重神寒，浑厚中有潇洒，诗如其人，诵之使人襟抱俱凉。《七夕》：“灵鹊多情夜未央，神仙眷属亦堪伤。银河水阔良宵短，一夕秋风恨转长。”婉曲深挚，沉涵蕴藉，高处可乱唐音。至若咏严子陵钓台有句云：“遁世倘赢千载誉，心忧天下又何人？”议论精辟，独具只眼，深符儒者“能好人能恶人”之淑世精神。

总览先生诗作，窃谓其主要特色乃深婉精丽，句妍韵美，体洁而旨远，情深而文明，乃纯粹之“诗人之诗”。清代诗论家王寿昌所谓诗有六要：“心要忠厚，意要缠绵，语要含蓄，义要分明，气度要和雅，规模要广大。”庶几无愧！余曩年居巴渝蛮徼，村居萧闲，辄默诵先生佳制以排闷，集中泰半篇章至能背诵，作诗亦颇有师法者，得有今日之寸进，殆亦先生之赐也！

孟子云：“读其书不如其人可乎，是以论其世也。”先生浙江省萧山人氏，生于一九一四年，先后从朱惺公、钟敬文先生学诗。抗战中旅渝，入“中央新闻研究院”学习，曾主《中国时报》笔政。新中国成立后长期从事教育工作，一九八七年在杭州师范学院退休。晚际休明，与毛大风先生同创钱塘诗社，名重诗坛，毕生历世纪之风云，蹶踣屡经，然本儒家旷达之义，夷然处之，终睹河清之时。散原老人昔言："凡托命于文字，其中必有不死之处，虽历万变、万哄、万劫，终莫得而死之，而有幸有不幸之说不与焉。"余于先生有证矣！今先生年跻大耋，仍精神矍铄，鼓吹明时，不遑旦夕，诚今代骚坛之幸也！因忆昔年曾有赠句云："昌诗不信灵蛇死，三祝先生寿未央。"仍以此言为献，用介大寿。

晚学张青云于沪上致远斋

时癸未年春

编后记

二十世纪八十年代中期，斯琴乡丈辑印其历年残存吟稿为《近体诗剩草》，骚坛侧目，海内风人是以知两浙风雅嗣响未绝，而先生雅望亦于斯奠定矣！流光奄忽，倏逾廿载，中华诗词复兴大业弥入佳境，先生际此淑时，吟情百倍生发，诗品更臻雅醇，隆望逐日以长，范希文"文章老更醇"之谓，余得而见之矣！今者先生寿登九十，创作历程逾七十年，门人故旧敦促再梓一集，俾作总结回顾，余与张君青云怂恿尤力，盖知其诗也久，知其人也深，敢避谠言耶？先生鉴余等之至诚，熟虑再四，终允所请，奋耋年之余勇，借安居之闲暇，昕夕遴选，历时五载方得蒇事，戛戛乎难哉！今付印在即，嘱咐责编，并征编后记于余，余既作俑于前，曷敢以谫陋不文辞，谨略供刍荛，大雅君子，幸垂教焉。

先生幼承母教，年未及冠即已才思颖异，迥出同辈，复以佳章见赏于《浙江商报》主笔朱惺公，朱公诱掖之，愈砥砺自奋，根柢乃奠，洎入大庠，受钟敬文教授之熏沐，诗艺益进，抗战胜利后，于监察院获识南社耆宿姚鹓雏先生，请益至多，得入堂奥，是以知先生转益多师之轨迹，其成就有自来也！

先生诗风大抵承义山坠绪，深情绵邈，精纯华美，秉善于抒情之特长，或摅伤离怀远之意，或写小会遽别之思，或发伤逝永隔之恨，率皆情真意挚，婉曲缠绵，一无纤佻靡艳之病，虽略有悲剧色彩，凄美芳菲，然能以意境品格胜，斯亦难矣！盖本诗人之忧患意识及悼亡之伤感，注入朦胧瑰丽之诗境，故其诗愈显凄美幽缈，耐人寻味，一如烛光下之和泪美人，促人低回，若"竹里烹茶情若幻，梅边吹笛事如烟""蓝桥有约愁何似，碧落无声怨已迟""今宵灯影添惆怅，昨夜跫声转寂寥”等断句，哀感顽艳，诵之出泪。时下诗坛主导倾向之弊，在于大多作品故作豪亢语，刚于何有？徒闻叫嚣，先生此类诗所创乃一种阴柔之类，能以韵致矫时弊，功岂浅哉！自文艺发展之长过程看，婉约与豪放两种风格各呈异彩，并行不悖，先生既能净化婉约中之香艳成分，提高品格，使丽如百宝流苏，兼而又于其内注入对人生宇宙之观照，以臻沉博绝丽之境，此即先生之善学义山者，然又绝无义山晦涩艰深、驱使僻典之病，且参以梅村之风神及纳兰之情致，是以知先生恪守诗无新变，岂能代雄之古训而躬行之，自拓疆宇，风韵所及，脍炙人口，岂无因哉！

然则婉曲亦仅先生诗品一端。至若其山水登临，咏史吊古之作，往往风骨遒上，清俊峭拔，有尺幅千里之概，味其“金屋花娇人似玉，铜盘露冷月如霜”“题翠吟红情恍惚，屠鲸剸虎事朦胧”“懒题红药情怀冷，闲抚青萍壮志荒”等警句，是真能合奇丽坚苍、刚健婀娜于一炉者。三复瑶章之余，从知清代诗论家乔亿所谓：“然诗至圣处，骨轻骨重，无乎不可”，是为的言，信不诬也。先生论诗首主情韵，于中华诗词第十二次研讨会上之书面发言略谓：思想性与艺术性须高度一致，应注意到诗之特点乃有情有韵，不要让人看了认为不过如此，不能吸引人，遂无读者，更何来学习之兴趣！此诚能发人深省，惜言者谆谆，听者藐藐，徒深扼腕耳！

约而言之，先生诗之总体特色乃包蕴密致、寄托遥深、韵律铿锵、情致优美，其沉博绝丽之风格，在今代作者中尚不多遘，故弥足可珍。清徐增《而庵诗话》云：“诗乃清华之府，众妙之门，非鄙秽人可得而学。”旨哉斯言，故读先生之诗，不可不知其人。先生自昔岁退居林下，与毛公大风创钱塘诗社以来，摈除荣利，惨淡经营，日亲社务，扢扬风雅不遗余力，吾社得有今日之成就，先生之功不可没。至其襟怀洒落，萧然出尘，又绝类魏晋间人，故得享大耋，遥想他年荣登期颐之日，定当又有续集嘱编而问世也，斯乐何如！

乡后学周明道谨叙于观沧楼

时癸未年小春

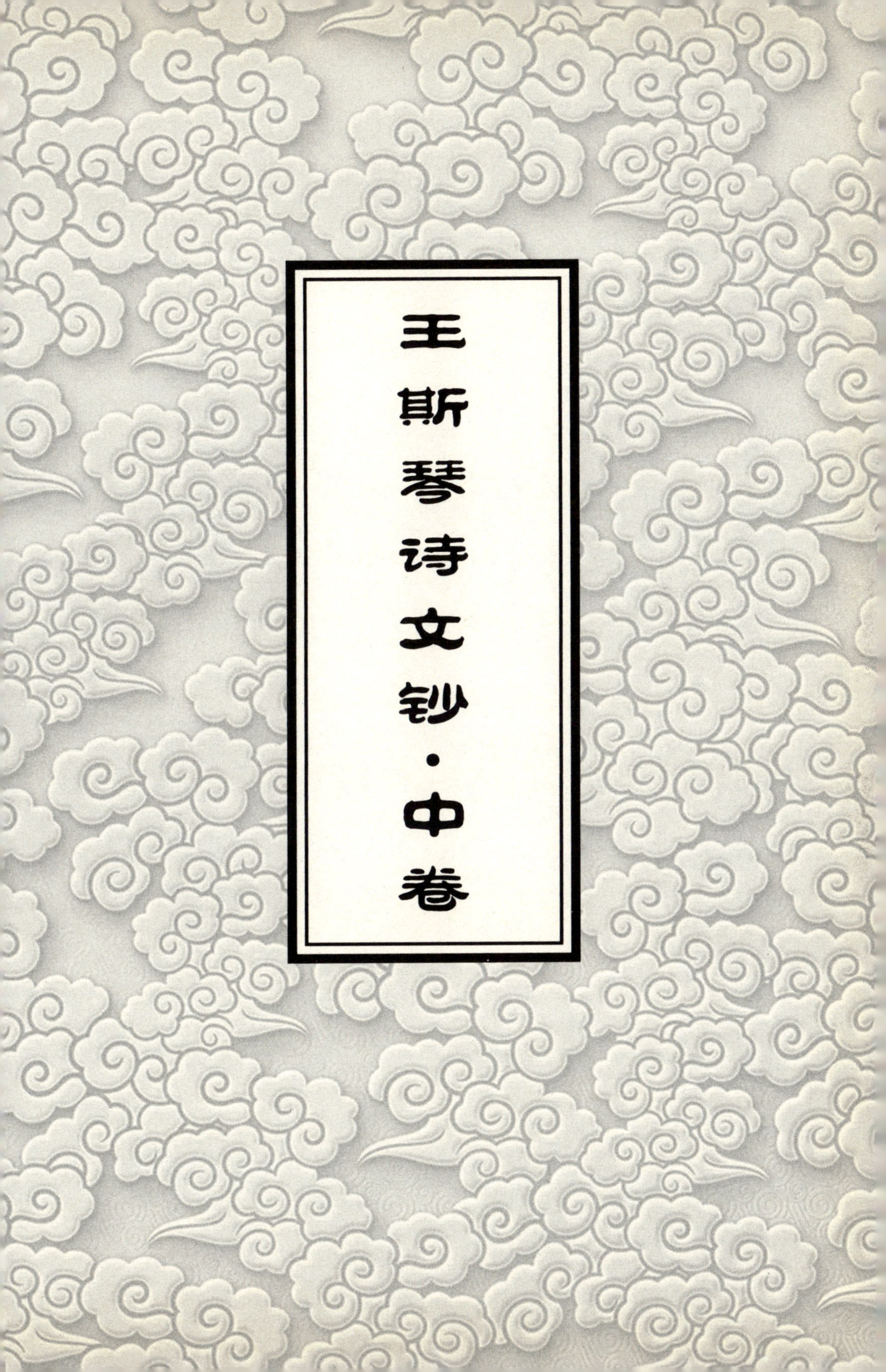

王斯琴诗文钞·中卷

梦　回

六十年前事，伤心只自知。
眼中多少泪，流尽梦回时。

悼念张冬心先生

徒具三生愿，空怀八斗才。
应怜珠有泪，谁使弃尘埃。

贺浙江老年大学文学研究会成立五周年

皓首同研习，五周易岁星。
时清歌大有，文苑乐常青。

辛卯端阳　二首

角黍投江祭屈平，年年此日吊忠贞。
薰莸莫辨终何故，千载汨罗有恨声。

无人为我买雄黄，徒羡邻家蒲酒香。
尽日楼头听小雨，萧斋独坐过端阳。

庚寅春节偕雯雯游茅家埠

一片晴阳十里堤，港湾深处野禽啼。
重来新建茅家埠，水绕长廊远树低。

观老年歌舞

翠袖翻飞暮色侵，徐娘眉黛昔犹今。
芳华不住佳人老，失落青春欲再寻。

梦亡妻如璋

不见卿卿春复秋，缘何未语泪先流。
为言别后思君苦，不信人间有莫愁。

悼念伍受真先生　四首

水流花谢事如烟，忽忽时光七十年。
一别何期成永诀，海天隔后①隔人天。

① 伍受真先生在台湾东吴大学执教十六年。

每趁衙斋案牍闲，亲趋问学侍樽前。
殷勤叮嘱须留意，诗贵清新却忌妍。

橐笔当湖正少年，浪萍风絮亦前缘。
兵声乍起难为别，执手踟蹰意万千。

八年抗战凯歌还，军旅倥偬暂息肩。
迢递音书荒岁月，无关生死总情牵。

寄贺新年

律转阳和序渐回，驿程遥寄一枝梅。
锦鳞倘逐春潮至，藏腹希传好句来。

附张冬心诗一首

岁尾和王斯琴教授贺新年原玉

大地将苏暖气回，深心先寄岁寒梅。
安排陈榻开口笑，吩咐春风速驾来。

壬辰夏曲院赏荷

曲径回廊路几重，倚栏又见白芙蓉。
花光依旧人何处？空对湖波想玉容。

看　山

白云千里寸心摇，别后时光太寂寥。
尽日推窗看山色，青山与我两无聊。

赠杭州市老年大学诗词研究班学员　二首

秋月春花岂足论，应须笔下有苍生。
童心在处诗心在，一缕诗魂只是真。

绘地描天笔一支，江山人物铸新词。
虽经九死都无悔，屈杜诗骚万代师。

贺岁卡系辞

折得灵峰梅一枝，春回消息报君知。
愿能挥举生花笔，写我中华绝妙辞。

西坞农场梦见如璋

昨宵忽梦到卿旁，喜极翻添泪数行。
却被一声鸡唱破，愁看曙色上西窗。

寄大风北京

家国飘摇风雨狂，小楼灯火夜连床。
相期不负男儿志，南北从戎各一方。

西湖诗社辛巳端午节雅集惜未能躬与其盛谨赋短句乞正　二首

一半勾留白傅诗，横江铁笛定庵词。
而今社结西湖上，唱彻新声胜旧时。

蕉窗幽梦自沉沉，炙艾熏香节又临。
呜咽汨罗流不尽，可怜终古逐臣心。

谢丁大钧学长惠赠《耕余书画集》

居然三绝见风神，才调如君有几人。
笔底拓开新气象，米家帖子亦无伦。

寄曼兰女弟

遥望南天路八千，思君空自托芸笺。
新声翻出金元曲，不是潮阳旧管弦。

壬午端阳

里巷又飘黍角香，始知今日是端阳。
人多不识诗人节，只道龙舟两丈长。

谢盛光辉吟翁寄赠《修竹楼书画选》

尺幅之间寄性情，岩岩高节见坚贞。
萧疏几竿窗前竹，似有清风纸上生。

三清山纪游　三首

不觉步移景亦移，嶙峋怪石百千姿。
生平阅尽奇山水，此是奇中之更奇。

雾裹云遮暗复明，一峰才过一峰迎。
天工造物奇如此，纵有丹青画不成。

且驻轻车暂歇程，云中园内看云生。
夜来枕上添清梦，知是泉声抑雨声。

哀汶川

如何太上总无情，地陷汶川举世惊。
自爇心香遥祭奠，痛挥老泪哭苍生。

谢叶知秋兄惠赠《春草集》

岂独情真事亦真，新词一卷更传神。
恰如春草连天际，满眼生机绿正匀。

离　情

万般无奈是离情，梦又难成酒又醒。
花影满帘虫语急，一天凉月自空明。

龙虎山

江山今日倍娇娆，风虎云龙不易描。
可惜天师无法力，竟然逃之去夭夭。

灵隐月夜

云净天容淡欲流，月明古寺桂香幽。
冷泉亭畔泉声寂，一杵钟声林外浮。

长生二绝

黄沙白草断炊烟，人祸天灾两缠绵。
纵有桃源能避世，长生须赖太平年。

祛病延年亦可期，养心健体两皆宜。
烽烟永息民安乐，福自增添寿自颐。

壬午饯岁

心尘拂尽事成烟，自在光明又一年。
幸遇太平闲岁月，满窗花影日高眠。

己丑清明前三日与春霞母女于梅坞“七碗茶”试品新茗

微雨初收浥晓霞，寻春一路到山家。
汲泉试品新芽味，腋底风生七碗茶。

喜读《万静宜诗词钞》

孕玉含香漱玉词，灵心一点见清思。
洛阳有纸从今贵，诗苑新风拂故枝。

苏堤春色

烟水朦胧映夕阳，波光潭影两迷茫。
春风今又绘新样，染出鹅黄柳数行。

读《梁漱溟轶事》

舍命求真敢力争，熏香沐手拜先生。
国之魂魄民之舌，正气乾坤日月明。

怀范无伤兄

梦想空劳两地分，情萦春树与秋云。
萧条海内谁知己？斯世同怀只属君。

有感于两岸形势

豆萁煎迫总堪忧，域外风声尚未收。
小隙何容损大局，但期一笑释恩仇。

鼠年献辞

有鼠窥灯几案前，未容拥食枕书眠。
莫教啮破黄图页，力挽仳离当任先。

赠别 春霞助我编务四载，今将北返，赋此赠别。

何期又唱惜分飞，朝夕相从愿已违。
堤畔清溪桥畔路，几时重见彩云归。

华发飘萧襟袖寒，堤边折柳意难安。
浔阳江月青衫泪，一曲琵琶韵未残。

乍暖还寒感不胜，杏花天气近清明。
征车已去辽阳远，寂寞东山夜雨情。

题　画

寥落寒空独自飞，芦汀宿食失相依。
何愁云路三千里，不到衡阳誓不归。

赠晋华吟弟

浪萍风絮亦前缘，小聚东山岂偶然。
灯底倾谈天下事，潮流浩荡势无前。

中秋望月

迢迢碧海净无尘，遥望中天月一轮。
万古凄清谁解得？嫦娥能不独伤神。

有　忆

花枝临水镜中天，一种娇姿别有妍。
七十年前心影在，迷蒙如雾又如烟。

贺唐宇振新婚

宜家宜室正当时，喜诵雉鸠淑女诗。
今夕鸳池春水暖，东风吹绽牡丹枝。

戊子元月与苡甥雯孙等游茅家埠

古桥荒径迹犹存，小肆临街半掩门。
今日冷风寒雨里，枝头春色尚留痕。

戊子元宵　四首

大雪成灾遍域中，强将欢笑掩愁衷。
绛纱一路明灯夜，恍见哀黎血泪红。

春阴漠漠锁烟鬟，晓起凭栏看远山。
一片迷茫何所见，伊人恍在水云间。

照眼花光入小楼，长堤日暖晓烟浮。
卷帘人去知何处？湖上青山对白头。

廉纤丝雨织轻寒，湿透琼枝渐就残。
欲展吟笺无意绪，一春花事半阑珊。

与南史兄伉俪冒雨游湖

细雨斜风酿薄寒，一舟容与水天宽。
楼台隐约山如睡，雾縠轻笼更耐看。

重　阳

难凭拙笔写秋光，红树青山万里霜。
偏是今年情景异，无风无雨过重阳。

三抵京门赠大风

一席纵横今古论，百年风雨海桑情。
清谈煮茗忘移晷，抵掌倾心对故人。

附毛大风诗一首

奉和斯琴兄京门题咏

同窗学友细评论，显灭沉浮不胜情。
七十年来多少事，环顾只剩两老人[①]。

① 王斯琴学长今年九十二岁，我今年刚进九十。

丁亥新春寄曼兰

寄与东风第一枝，春回消息报君知。
愿能更奋生花笔，谱写新声绝妙词。

春　晓

小园春到鸟先知，枝上嘤嘤细语时。
红日满窗人未起，香温茶熟客来迟。

寄江晋华兄

逝水流光岁又新，值年幸遇大王名。
祝君如虎身腰健，一愿生时万事成。

甲申迎岁

者番风信到梅花，春上枝头岁又加。
我愿今年消息好，潮平两岸待归槎。

秋　容

落叶飘萧玉树寒，千山无语夕阳残。
秋容不共时光瘦，万里霜天拭眼看。

戊子中秋

一丸凉月满湖秋，海宇兵尘尚未收。
但得天涯人共寿，同歌击壤更何求。

西　溪

荒却西溪六十年，晴空秋雪事成烟。
而今又见前时景，雁落芦汀正好眠。

戊子年秋《李一航纪念集》嘱题

满含清泪入重泉，薏苡明珠意黯然。
一瞬沧桑人事易，心潮如海夜绵绵。

流落缅甸之远征军

遥望家山泪湿襟，愁看青鬓雪霜侵。
昔时抗战今流落，异域孤儿夜夜心。

读连横先生旧作湖游一绝，爱国爱乡之情溢于言表，即依原韵谨赋四绝以迎连战先生伉俪访问杭州

往事犹新岂若烟，湖堤今又系归船。
青山如笑迎佳客，青史留君续纪年。

山容如沐柳如烟，卅里明湖可放船。
还待来朝传好讯，不教骨肉隔年年。

湖波日暖漾晴烟，春水如天映画船。
佳客远来无别敬，鱼羹宋嫂誉千年。

鼍波鲸浪雾成烟，大海危帆共一船。
历尽艰难登彼岸，相携同创太平年。

附连横诗一首

西湖游罢以诗报少云并系以诗①

一春旧梦散如烟，三月桃花扑醉船。
他日移家湖上住，青山青史各千年。

① 诗约写于一九一三年。少云为其夫人沈少云女士（连战之祖母）。

丙戌夏与唐宇振陈群天目山度假　八首

山　行

岩花乱落沾人衣，时有林禽深树啼。
携杖闲行三两里，景幽何惧路高低。

雨　后

层峦叠翠接空冥，隐隐轻雷远作声。
一抹残阳新雨后，居然山色晚来青。

泉　畔

饮马山泉暂歇程，忽经甲子又三春。
白云苍狗皆成幻，世事倥偬百感生。

剪　辑

欲效昭明事迹来，此番得傍读书台。
古今人物容评论，南北山河任剪裁。

访　旧

山窗灯火忆前情，杯茗留香梦亦清。
白发重来人安在，心潮如海夜难平。

听 蝉

远近林蝉噪夕阳，绿阴凉侵碧纱窗。
泉声不断人声寂，城市山乡孰短长？

小 肆

策马山前曾几经，倚鞍乞茗谢频斟。
依稀六十年前事，昔日双丫何处寻？

钟 声

短枕斜倚忆旧踪，梦回时节意惺忪。
长松未坠林梢月，古寺声传夜半钟。

赠“茶人之家” 二首

茗碗炉熏祛俗氛，隔帘花雨落缤纷。
几杯真觉风生腋，起倚青松看白云。

狮虎云龙各一家，兰芽雀舌细分茶。
勾人诗兴浓如许，最是阑边芍药花。

己丑年春节后四日与江晋华张春霞沈琦登西泠印社四照阁品茗

黯黯轻阴酿薄寒，湖楼烟雨湿重栏。
小瀛洲在朦胧里，山色模糊仔细看。

过苏小小墓忽有所感

驰骋疆场百万兵，死生相搏究何因。

王侯公卿俱尘土，苏小西陵尚有坟。

己丑年春与江晋华张春霞洪梅初同赏皱云峰奇石[1]　二首

草色初青春有痕，晴光映席落清樽。
同来品茗谈奇石，世事苍黄宁易论。

推食解衣酒更斟，穷途风雪感恩深。
江南一石纵堪赏，最是拳拳故友心。

① 皱云峰故事，见《聊斋志异·大力将军》。

偕春霞苏堤踏青忽忆海外故友

四月西湖水接天，波光岚影落几前。
故人隔海无消息，辜负春光又一年。

平湖心影未销磨[1]　天阴欲雪，湖居岑寂，忽忆少年情事，爰作短句，慨何如之

平湖心影未销磨，故国飘摇感慨多。
犹记酒阑灯欲灺，推窗起问夜如何？

宜笑宜嗔意态多，平湖心影未销磨。
无端兵火消春梦，何处伊人怅逝波！

渔舟载得夕阳多，傍岸人家门外过。
鲜活鱼虾新醅酒，平湖心影未销磨。

① 抗战前我经毛大风兄推荐，戚其祥校长聘请，任平湖县城区中心小学初教辅导员兼高年级国文教师。

题惠荣吟草

玉盘珠走有清音，好句纷陈仔细吟。
无限情怀归笔墨，英雄肝胆女儿心。

庚寅初春与春霞母女游平湖秋月

湖波日暖漾晴烟，正是江南二月天。
又见一年光景好，春风吹醒草芊芊。

山　行

一路溪声与鸟声，山花无数不知名。
轻鞋薄袜身腰健，行过琅珰十里程。

读朱渊《不耦斋集》

不耦诗存卷页残，华亭鹤唳九天寒。
悲歌一室成何用，血泪千秋痛未干。

春日湖居　二首

沧海扬尘世几更，天怜幽草赋闲情。
此身合在西湖老，云影波光共一生。

残红零落委香泥，转眼春归杜宇啼。
事有伤心言不得，天涯草色正萋萋。

西泠赏荷　二首

湖风吹送藕花香，柔叶田田拥翠裳。
舟入西泠深处去，忽惊鸥梦起莲房。

玉容浅醉映云裳，绿鬓临波别样妆。
偶向小瀛洲畔望，湖天一碧水风香。

夏夜忆儿情　二首

桐树清阴凉意生，豆棚架下竹床横。
小园月色虫鸣夜，永忆儿时绕膝情。

银汉迢遥天际横，护儿娘扇拂轻轻。
流萤远处自明灭，促织藤阴竞沸声。

奉答丁嘉樑兄

闲里光阴梦里身，徜徉常在圣湖滨。
东山一老今犹健，消息聊堪慰故人。

以诗代柬致大风兄

万里霜天落木时，南来盼断雁归迟。
故人经岁无消息，转侧终宵君可知。

题《于右任诗集》 二首

山之上兮国有殇，孤臣心事孰能详。
黄花碧血今何在，海畔西风吊夕阳。

天苍苍矣野茫茫，山之上兮国有殇。
大陆迢遥望不见，乡关何处泪成行。

读王冥鸿兄遗作[1]

同留天竺习新篇，萍絮因缘只偶然。
五十年前情宛昨，难禁老泪湿遗编。

① 新中国成立初期，余与冥鸿兄在天竺浙江干校第二期同组“学习”。

旅京赠大风 二首

抵掌高斋一夕谈，天风海浪事何堪。
少年意气残年泪，缚茧犹怜自缠蚕。

掷卷空怀家国忧，市楼买醉忆前游。
踉跄步月东门外，梦系当湖到白头。

天台高明寺题壁

古寺云深曲径通，千重苍翠接遥空。
为求片刻清闲味，来听禅堂午夜钟。

植物园竹区漫步

满目琅玕小径幽，泉声不绝鸟啁啾。
浮云几片青山外，舒卷无心任自由。

赠李汝伦兄

又是春阳解冻时，思君颜色诵君诗。
鼓呼敢为民喉舌，刺虎屠龙笔一支。

寄钱江同志

容易流光换岁时，聊凭短柬慰相知。
愿君更借生花笔，谱写新声绝妙词。

春思　二首

春风吹绿草如茵，门外长堤一望新。
今日湖山增妩媚，卷帘犹盼待归人。

残红零落委香泥，湖畔春深杜宇啼。
事有伤心言不得，天涯草色正萋萋。

听张火丁唱《锁麟囊》选段

清歌一阕遏流云，此曲疑从天上闻。
唱罢朱帏重启闭，台前花雨落缤纷。

读林曼兰著《中国帝王百咏》 二首

心血凝成百帝诗，研文习史两皆宜。
一编在手休寻检，稽古津梁后学师。

千古江山一局棋，兴亡何以测其机。
水能载覆系常理，负尽苍生国便移。

再咏谒翁同龢故居

艰难国步正愁余，幸见公车一纸书。
可惜沉酣呼未起，朝衣血染痛何如。

曲院赏荷 四首

今日湖山胜画图，荷衣十里水平铺。
天孙云锦能裁出，水袖风裳似此无。

淡月疏星尚在天，迷蒙山色锁湖烟。
一声泼剌听鱼跃，惊起双凫叶底眠。

双桨轻飞破晓烟，接天莲叶看田田。
当时情景还如昨，何处伊人六十年。

堤畔新荷映碧波，恰如初醉色微酡。
花光依旧容光减，可惜流年似水何。

玉泉初夏

雨后双峰涤翠鬟，溪声日夜响潺湲。
坐看天际浮云远，一抹微遮山外山。

题《山阳集》

逝者如斯恨未申，一回展卷一怆神。
西风斜日山阳笛，草野深惭后死身。

喜读《李汝伦诗词选》

傲骨棱棱太瘦身，心肝呕出究何因。
千秋信史董狐笔，南国今逢李汝伦。

贺周明道弟伉俪金婚之喜

心如磐石两情坚，石烂海枯亦等闲。
花烛重圆春意暖，鸳鸯福寿永绵绵。

题《黄文中集》

尽有烟霞供啸傲，何忧江海置闲身。
明明秀秀西湖景，传世名联诵到今①。

① 甘肃黄文中先生撰迭字名联，百年以来，悬于中山公园内，为世人所传诵。

《霜叶集》第四集题句

犹有情怀似昔年，不因岁晚弃吟鞭。
诗能医俗兼医病，乐在心头一字鲜。

悼萧征山同志

词赋交亲逾十年，痛教一别隔人天。
诗魂渺渺知何处？淡荡潇湘月夜烟。

澹波同志索句赋赠

且凭两椽土楼居，暖日明窗好读书。
斗室能容天地大，求今摘古乐何如。

千工床

千工雕饰今方见，纸帐梅花昔已闻。
生死此中关大事，人间离合一床分。

小　河

人家临水竹帘开，几树梅花屋后栽。
柔橹声中云影碎，乌篷摇出小桥来。

岳坟留句　二首

私语东窗狱便成，政由阃出恨难平。
何期当世人文劫，仍见干城一夕倾。

铁铸坟前跪佞臣，是非功罪得重申。
元凶只道秦丞相，历史何饶另一人。

少　时

少时情性太疏狂，系马山村买酒尝。
醉卧荒郊浑不觉，醒来落叶满衣裳。

雷峰塔

漫将得失论鸡虫，杯酒春风一霎中。
人世几回桑海易，雷峰依旧夕阳红。

湖居两绝

我与西湖有夙因，雨奇晴好总相亲。
莺花岁月寻常过，云水光中寄此身。

暂借东山两屋楹，一湖风月伴余生。
闲来携杖寻诗去，难得今朝见太平。

姑苏纪游　七首

西施庙

复国沼吴志既伸，江山风月一朝新。
果然范蠡真奇士，宁把功名换美人。

寒山寺

渔火霜枫客梦残，远钟微度夜方阑。
诗情今却难重觅，只为寒山寺不寒。

虎　丘

行过山塘忆旧游，昔曾携手上兰舟。
一湾流水还如昨，何处伊人四十秋。

拙政园

水木清华景倍幽，邀朋今又得重游。
长廊斜日移花影，苔径无人鸟语稠。

小小得月楼

誉满姑苏孰与俦？葱香鱼嫩饼酥油。
分明锦席华筵地，何谓小小得月楼。

宿长城大厦

偶然买榻宿长城，旅倦何妨暂寄身。
辘辘车轮惊晓梦，堪怜不是卖花声。

别俞林昌兄

江云渭树两情同，握手欢然道故衷。
难得重逢今又别，人生毕竟太匆匆。

贺诗教经验交流会在杭召开

佛门尚有传灯录，诗国宁无衣钵存。
恰似世尊归一笑，旃坛花雨落纷纷。

癸酉新岁抒怀

鸣唱声中岁又添，何须惆怅惜华年。
但期世乐人长岁，老骥春风更跃先。

甲申岁朝登昱岭关

八年抗敌战尘腥，匹马关山曾数经。
今日重登风景异，晴云远树接苍冥。

棠樾鲍氏牌坊群

牌坊高建立于林，褒德旌功意亦深。
无可厚非忠与孝，家齐国治此堪寻。

甲申元宵

喧天锣鼓闹成围，舞罢鱼龙力已微。
今昔广场真不夜，歌楼灯火醉人归。

敬题诗丈《朱叔华诗草》

当今词赋说东瓯，镂月裁云刻意求。
况是诗翁仁者寿，池塘春草续风流。

云栖之游沈琦索诗率成二绝

竹径寒生襟袖间，幽囚岁月忆从前①。
何时能与故人约，夜雨秋窗话昔年。

夏日蚊雷冬日虱，前情成梦事成烟。
今朝重说伤心事，误我青春二十年。

① 一九五五年，在云栖参加学习，时逾一年。

忆平湖　四首

垂杨阴里卖银鲈，临水人家隔岸呼。
向晚风微闻软语，最难忘却是平湖。

长城欲倒倩谁扶？暴日侵凌更可虞。
记得灯前谈彻夜，最难忘却是平湖。

东城门外水准铺，人物风流景亦殊。
双桨轻飞明月夜，最难忘却是平湖。

几回忍泪痛还珠，世变惊心岁月殊。
花谢水流遗恨在，最难忘却是平湖。

悼何南史先生

旦夕悲欢未可知，天心人事两难思。
此来岂料成长别，魂断西湖二月时。

题蒋成章同志牡丹图

买得胭脂慢碾匀，晓园和露细临真。
本来国色天然态，一种精神画不成。

喜与宗文五十三届同学重叙杭州

信知各有因缘在，尘海浮沉数十年。
乍见还疑似不识，萧疏华发映苍颜。

湖　居

尚有闲情未易消，一巾一篷一诗瓢。
晓来借得童车力，推我重孙过六桥。

辛巳冬偕雯雯游沪　二首

半纪暌违系梦思，重来已是鬓如丝。
淞滨景色今非昔，唯有波光如旧时。

动地歌哀忆昔时，亡羊歧路欲何之。
弥天风雨昼如晦，只怨鸡鸣日上迟。

谢杨荣观同志惠赠大著《河畔行吟》

晞发行吟效楚狂，如珠好句一行行。
夕阳古宅临河柳，梦里难忘是故乡。

读闻竹雨兄著《霜枫初辑》

信是丹枫耐晚霜，黄绢幼妇句生香。
晴窗展卷从头读，识得君系百炼钢。

辛卯迎春贺柬系语　二首

搦管书红喜不支，百年重见展雄姿。
岭梅已报春消息，折与同怀寄一枝。

水逝云浮岁又催，思君聊寄一枝梅。
敲冰煮雪三冬后，不唤春光也自回。

秋兴　二首

心上秋来做就愁，任它似去又还留。
红情绿叶聊收拾，更待春光入小楼。

一梦温馨岂偶然，花枝照影月笼烟。
庭阶露湿新凉夜，玉簟初秋自在眠。

览所谓“当代金瓶梅”以此质疑　三首

侈谈风月究何求。秽语淫词著意收。
一事使人终费解，扫黄声里决黄流。

涉目难堪是此编，文坛毒雾欲弥天。
如何只向黄金拜，不拜英雄与大贤。

诲盗诲淫岂任之。巫云峡雨引邪思。
天心人欲难分日，亦是斯文堕落时。

《当代诗词》创刊十五周年作

何谓主旋辩难休，一柱中坚砥逆流。
十五年间多少事？羊城风韵正悠悠。

贺苏局仙诗翁一百一十岁

欣跻期颐又十春，多缘翰墨养精神。
为翁更祝无量数，恭敬灵芝酒一巡。

迎丁丑新春致意

拭却心尘送旧年，趁它春早力耕先。
砚田生事安排定，负轭牵犁破夕烟。

喜看神舟七号升空

崛起中华在自强，太空漫步亦寻常。
神州飞箭无他愿，要与东方竖脊梁。

观　剧

曼舞轻歌韵绕梁，刀光剑影意昂扬。
满场如沸锣声急，袍笏匆匆走过场。

萧山诗词楹联学会成立

风光奇绝数山阴，多少诗人著意吟。
我欲登楼思作赋，心魂摇曳是乡音。

昼寝　二首

鸣蝉引梦日如年，移榻清阴跣足眠。
一刹朦胧苏倦眼，桐花声细落檐前。

吹尽桐花梦尚留，槐安国里小封侯。
冰盘犹忆分甘味，一惚懵腾事已休。

遥祭李汝伦兄　三首

忽报诗魂归太荒，南天遥祭爇心香。
俯身诚祝平安旅，此去应无左棍伤。

诗国星沉夜色昏，玉箫声断月无痕。
从今北阙神京路，更有何人叩九阍。

旋律居然争短长，欲抒幽愤到钱塘。
西湖又见春波绿，一棹谁与泛夕阳。

湖游即事

香迎一路藕花风，小艇轻移莲叶中。
湖上偶然飞白鹭，南屏山下暮天钟。

过跨虹桥旧居　二首

一角红楼锁柳烟，湖堤压水碧如天。
当年是我伤心地，今日芙蕖比旧妍。

雏孙扶我过门前，今日风光胜昔年。
一角红楼临水出，柳荫深锁六桥烟。

癸巳初夏碧桃园雅集

满目清阴绿侵裳，落茵轻堕墨生香。
碧桃园内诗朋集，高唱低吟共一堂。

苏堤漫步

行尽苏堤五里长，芰荷一路水风香。
西湖夏日游船少，潋滟波光闪夕阳。

蝈　蝈

犹有童心尚未消，自将蝈蝈挂床腰。
鸣声断续催昼寝，一梦悠然解寂寥。

喜迎海盐诗友莅杭赐教　二首

旧雨新知聚一堂，竟教蓬壁忽生光。
今朝买得杭州酒，好向湖楼醉十觞。

词客联翩自远降，绿杨堤畔系游艭。
华章宠赐添惭汗，折得芙蓉未涉江。

喜读蒋荫焱《湖山吟草》

不尽山光与水光，吟成一卷记行藏。
芒鞋踏遍云深路，诗味真淳情韵长。

寿章倚文同志八十

大寿八秩庆华堂，芝酒馨香共进觞。
老圃东篱花正茂，南山松柏立高岗。

口占一首

来从何处去何之，因果迷茫无可知。
蝶梦庄周虽费解，天人易处要深思。

焦裕禄颂

世有焦裕禄，其名万古存。
乾坤留肝胆，金石见精神。
尽瘁忠于党，为伤视斯民。
高山钦仰止，泰岱白云闉。

跨虹桥

何堪重忆跨虹桥，缈缈离魂不可招。
景好却怜花易落，愁深终觉酒难浇。
哀弦凄恻湘灵瑟，壮曲悲凉吴市箫。
往事岂如烟散尽，梦回时节涌似潮。

戊子立夏后二日与张春霞母女同游龙井

当门无水活池塘，石景玲珑渐就荒。
数度清游成梦影，几番尘劫感沧桑。
一泓明净泉犹碧，廿载颠连鬓已苍。
幸是至今腰脚健，重来试茗访茶乡。

喜迎二○○八夏季奥运会在北京举行

夙称礼仪文明邑，却被揶揄老病夫。
斗换星移时势易，龙腾虎跃国情殊。
但看后浪追前浪，喜见今吾胜故吾。
同一地球同一梦，万邦翘首仰神都。

喜庆杭州西湖世界风景文化遗产申请成功

申遗十载事艰辛，大业终成喜不禁。
卅里湖光增妩媚，六桥柳色更精神。
雨奇晴好从心赏，秋月春花着意吟。
西子从来称国色，而今举世尽知名。

甲申暮秋谒陈文龙[①]墓

颓垣野径残阳里，来吊千秋不死魂。
大节无亏情可敬，孤忠有愤事难言。
黄龙金鼓思犹切，白马银旗恨尚存。
一掬心香重叩首，晚风吹叶落纷纷。

① 陈文龙，抗元名将，兵败被俘，押解临安，经岳庙时要求祭拜，竟一恸而绝。墓在西湖葛岭，已将荒圮。

甲申暮春与苡甥雯雯登雷峰塔

新姿今又映斜阳，一塔颓然景未忘。
千载湖山留遗迹，几番兵火历沧桑。
人妖颠倒情堪惜，恩怨模糊事可伤。
遥望云天无限意，民间犹颂白娘娘。

奉和牛翁吟长《丙戌迎岁》之作

涉世也曾学楚狂，是非成败任平章。
此生都为诗书累，凡事皆因口腹忙。
有幸栽禾还植麦，无才定国与安邦。
舞台偌大时光迫，锣鼓声中走过场。

友　情

情深千尺胜桃潭，易水萧萧意自甘。
可与吾之尽可与，能堪人所不能堪。
音知一曲交何笃，缘证三生事可参。
最是相思忘不得，兄弟地北或天南。

伤　往

金粉东南世已更，江潮声咽石头城。
泥途曳尾天怜我，歇浦离魂恨属卿。
应是浪沙淘未尽，幸从草野得偷生。
伤心六十年间事，九转肠回夜夜情。

庚辰中秋

又觉秋声到枕边，打窗落叶扰孤眠。
何期碧海成空恨，忍说蓝田亦自怜。
幽韵恍疑闻细细，清辉犹自照年年。
云深天际归鸿杳，拂断朱楼廿五弦。

迎南史兄莅杭交流两岸文化

柳色初匀花气新，湖楼三月接清尘。
诗声两岸瞻吟纛，雅望环球誉哲人。
万叠云山供笔墨，千函经史养身心。
迎门扫榻年年梦，直到今朝梦始真。

题　邮

漫云关隘阻重重，一点心犀自可通。
水涨春江鱼汛便，云深秋塞雁书逢。
羽函夜急传新警，浣笺宵题倾夙衷。
往事如斯今已矣，好凭银翼付航空。

偶　思

花须蝶粉尽成烟，侠气才情亦可怜。
一刹繁华空色相，几番离合证因缘。
宜藏宜用由时势，方死方生只瞬间。
独上高楼发长啸，苍茫四顾恨绵绵。

抗战胜利六十二周年　二首

大地悲深起壮歌，忍看落日吊铜驼。
八年戎马乡音绝，百战关河野哭多。
正喜强邻方授馘，何期同室又操戈。
从教一水盈盈隔，海峡云迷怅逝波。

喊杀惊天似可闻，淞滨遗跡色犹殷。
全师喋血三千士，孤帜高悬八百军。
志效鲁连甘蹈海，愤如伍胥气凌云。
兴亡所系男儿责，为我中华树异勋。

谢袁第锐吟长赠诗即步原韵

残年歌哭已难支，幸见风晴日暖时。
南郭不惭藏我拙，西溪唯恨识君迟。
学林久共尊耆宿，词苑同甘拜帅旗。
敬执心香祝眉寿，遥呈一爵献灵芝。

悼念一航

十字街头共学堂，巴山话雨两情长。
嘘濡倍切苔岑谊，烽镝同经生死场。
我所输君乃酒胆，君能胜我是诗肠。
音容笑貌犹如昨，一别人天永渺茫。

重到菩提精舍

九死犹余劫后身，　重来故地忆前尘。
映阶草色青如旧，　绕宅桐阴绿更匀。
昔日湖山曾管领[1]，此时云水幸相邻。
我今直似南柯守，　梦转槐安国里人。

① 抗日战争胜利，余曾奉命管领西湖。

自　省

留命刀丛忆万端，百年回首几悲欢。
少时戎马情何壮，晚岁诗书兴未阑。
亲老不容辞故土，力微难与补瓯残。
幸能许作西湖客，尽日堤边垂钓竿。

虎年志感

时日无声岁又更，值年今遇大王名。
四山月落千林暗，一啸风生万壑鸣。
坐拥皋比昼论道，帐存符印夜谈兵。
高岗独居雄威在，哪个猴儿敢胡行。

萧斋岑寂，偶忆前事，赋此即寄大风

七十年前事未忘，　荒鸡啼彻夜偏长。
东邻久蓄鲸吞意，　此国正谋豹变方。
我以乌私[1]留故里，君期鹏展去边疆。
重逢湖上真疑梦，　泪眼相看鬓俱霜。

① 乌私：乌鸟之思，指慈乌反哺。

读 史

汉阙秦宫曾几时？来潮岂待去潮迟。
江山代有才人出，天地从无造物私。
一夕风云能变色，千秋日月总常驰。
临窗闲读兴亡史，龙战玄黄启我思。

娃哈哈集团公司宗总荣获杭州“工业兴市”重奖

商海奔腾浪拍空，弄潮谁究是英雄。
须从胆识分高下，莫就资财论啬丰。
点滴精神求创业，兼容策略继全功。
望洋不再徒兴叹，春水艨艟一羽同。

丁亥迎岁

绿酒红灯岁又新，樽前深忆未归人。
四方待息兵戎衅，两岸犹萦骨肉亲。
且向湖山留爪雪，聊凭云水涤心尘。
图消九九寒将尽，过却严冬是好春。

为汤显祖文化节而作

困人天气半忪惺，恍有钗鬟入画棂。
幽怨未消徒怅恻，疑魂莫化惜伶俜。
几番缱绻情何切，片刻温存梦亦馨。
自是精灵终不死，至今犹唱牡丹亭。

丁亥述怀　二首

寸心得失自寻求，琢句循声意未休。
徒有浮名赢白发，宁无薄幸负青楼。
一生花草扬州梦，百载兵戈故国忧。
愿乞天公还我少，豪情犹忆凤池头。

孤鹤清宵唳九皋，长空风露折翎毛。
补天有石遗荒野，煮海无瓢汲巨涛。
一脉情亲怜隔岸，三边谊切感绨袍。
江山得幸诗人幸，振袂高歌意兴豪。

甲申中秋

年年今夕意难支，　水一方兮系我思。
萁豆殷煎伤客久，　海天遥阻怅归迟。
青灯明灭怀当日①，　华发飘萧感此时。
几度月圆圆又缺，　西窗何夜话秋池。

① 抗战时期物资紧缺，学校自修室内油灯明灭，记忆犹新。

矿　难

因何整顿少成功？上下官商气息通。
煤黑焉知心更黑，包红岂及血尤红。
千思万虑胸间策，三令五申耳畔风。
新鬼嚎啕旧鬼泣，哭声一片几时终。

戊子迎岁　二首

喧空花炮贺新年，又觉春光到眼前。
匹马关山情若梦，断鸿海峡事成烟。
徒悲枥下思千里，犹幸灯旁续一编。
且莫阋墙同御侮，谨将心愿祝遥天。

梅花已报春消息，岁月抛荒又一年。
压案未偿催稿债，倾囊难剩买书钱。
幽居尽日忘昏晓，闲看浮云任往还。
出岫无心随自在，由他山后与山前。

痛悼杨羽旋兄

灯火山窗夜检书，偶逢天目识荆初。
相期莫负江湖约，岂料竟成涸辙鱼。
倾盖论交悬榻待，绝裾避祸闭门居。
哭君更有伤心处，一世时光半掷虚。

谢作亿吟长赠诗

一卷吟成只自惭，乞加玉琢始心安。
句由獭祭原无奈，书类鸦涂更未堪。
欲将清愁遣笔底，却教幽恨上眉端。
曲终多谢周郎顾，指点宫商免误弹。

苏堤晨眺

垂杨深锁六桥烟，远黛微波欲接天。
淡荡湖光明灭里，朦胧山色有无间。
十年浩劫创痕在，半纪纷争史迹蠲。
今日春光遍两岸，堪来寻梦说从前。

己丑迎岁

绿蚁香浮岁又新，衰年幸作太平人。
添将蜡烛留残夜，折得梅花接早春。
处世自宜仁作则，立身愿与德为邻。
此情欲寄无由达，惘惘予怀直到今。

观电视剧《海瑞》

钳舌群黎任寡人，神坛大梦久酣沉。
不甘陛下跽奴膝，敢叩天阍捋逆鳞。
死亦何辞情有自，生当足式志无伦。
千秋颜色今如在，万古心胸月一轮。

乙酉岁暮浣萍同志贻诗垂询即以原韵奉答 二首

曾登泰岱眺层峦，信步天门十八盘。
击楫临流思壮岁，倚灯读易惜年残。
既已历尽千千劫，自亦何忧九九寒。
空对龙泉悬壁上，斯人老去莫凭栏。

林树萧疏落叶残，苍山石瘦暮云寒。
情忧昔作伤时赋，色喜今盈荐岁盘。
犹忆屠鲸迎险浪，也曾策马越崇峦。
抚髀纵有蹉跎感，不兴冯唐已老叹。

附俞浣萍诗一首

岁暮有怀寄王斯琴老

拥毳围炉度大寒，茶香缕缕菊香残。
不眠且对蟾蜍月，无竞自甘苜蓿盘。
懒写诗行闲砚墨，宜开襟抱看山峦。
新来学舞龙泉剑，莫作须臾岁暮叹。

岁朝抒臆

前情成幻事成丝，欲理还难悔已迟。
勒马关山羸涕泪，骑鳌沧海愧须眉。
无猜未必人能解，有恨如何我自知。
塘外惊雷闻昨夜，杏花消息待来时。

春　暮

花气微熏日渐长，帘钩风静玉兰香。
懒题红药吟情减，闲抚青萍壮志荒。
早岁征鞍多辗转，暮年词笔独彷徨。
艰危历尽人犹是，忝列琅琊大道王。

登黄龙洞棋牌楼

世事如棋过眼来，　登楼长啸且徘徊。
林阴犹觉余寒厉，　日晏终教薄雾开。
黄泽千秋承一脉，　青峰几叠绕层台。
因缘遇合果如是①，飞絮飘萍总费猜。

① 洞口石壁上镌有一极大“缘”字。

访径山寺同游者唐宇振张春霞时在己丑初夏

峰回路转白云深，古寺千年尚可寻。
百亩茶如奔浪涌，满山松作怒涛音。
犹余耿耿胸中志，忽起悠悠世外心。
纵欲挥鞭追落日，堪怜双鬓雪霜侵。

辛卯迎岁

兔脱之间岁又更，红灯高照夜通明。
流光不住春来早，诗帖初裁色尚新。
株守自知违世俗，弓藏君或识人情。
年年此际书心愿，国运昌隆海日生。

秋　夜

叶落空庭夜有声，廊阶月白乱虫鸣。
橱中破烂三千卷，纸上纵横十万兵。
挂剑欲酬知己感，还珠终负美人情。
大江东去诚无奈，对镜堪怜白发生。

老　去

斯人老去意如何，偶向东山结小庐。
四壁寒蛩催断梦，一丸凉月照残梧。
海天豪气随年尽，词赋闲情逐日多。
莫叹功名尘与土，但凭时势且高歌。

庚寅迎岁

腊尽春回年复年，无情岁月有情天。
历经九死一生劫，终见千花百草妍。
拂却尘氛净眼界，引来活水注心田。
未妨杯酒恩仇释，浪静风平事若烟。

奥巴马登长城

秦王曾此驻雄兵，总统今朝自在行。
昔日关河凭锁钥，当前治乱系民生。
一肩但觉舆情重，只手宁调世局平。
不禁抚髀发浩叹，域中难有古长城。

自况二律寄我同怀

九十春光黯淡过，故园风雨落花多。
莺声已老怜余韵，蝶梦将残怅逝波。
猿鹤虫沙归寂寞，江山人物付吟哦。
明朝欲再登金顶，海日迎眸发浩歌。

歌哭无端任自由，茶烟一榻更何求。
新词欲写情还懒，旧梦思寻意复休。
尘影已同流水逝，心痕犹似片云留。
崖前尚有离人泪，盼尽归帆到白头。

己卯除夜

红烛犹明守岁残，自温杯酒祛宵寒。
少年情事都成悔，老去生涯渐可安。
进则三思荣辱异，退能一步海天宽。
历经世途风波险，欲说何从感万端。

《千年经典》音乐朗诵会在杭举行

千年经典焕新章，低唱高吟尽擅长。
玉笛银筝声曼妙，铜琶铁板意飞扬。
政情洽日民情洽，国运昌时诗运昌。
大吕黄钟终不废，中华文化自堂堂。

戊子重九登高有怀海外诸友

目尽遥空接渺冥，群山如伏独登临。
襟怀此际诚难说，屐印当时未易寻。
陵谷沧桑词客感，海天风雨故人心。
波涛万里纵相阻，雁足云边盼好音。

秋夜偶成

孤枕埋愁入梦乡，何须浊酒寄清狂。
一生肝胆还如此，半世风霜亦未妨。
短笛无腔虽自得，长门有赋究堪伤。
等闲身在江湖老，天地悠悠岁月荒。

甲申岁朝再上黄山

容易时光又十年，此来重对感华颠。
凝冰悬瀑形如立，压雪层峦状若眠。
世味渐同岚影淡，禅心欲共岫云闲。
玉屏峰上倚崖望，今日江山分外妍。

欣悉台湾国民党组团来京访问

航空昨夕抵京城，半纪睽违世已新。
鹿逐郊原当日事，鸿归海隅此时情。
但期一笑恩仇灭，便教重逢肝胆倾。
域外有人犹虎视，应须敌忾御强邻。

乙酉岁暮天寒欲雪，忽忆少年情事有怀大风

飘摇家国忆当时，风雨狂涛感不支。
铁马金戈怀壮志，铜驼荆棘起忧思。
君奔塞北人千里，我滞江南笔一支。
七十年间生死劫，青山留得夕阳迟。

附毛大风诗一首

答斯琴兄惠书并诗

故友新年报平安，殷殷情意劝加餐。
苍凉字句惊心魄，只携心事到酒边。

观张火丁演京剧《荒山泪》

恍闻清夜峡猿啼，霜冷巫峰月色凄。
水袖翻飞情急切，玉容惨淡意痴迷。
州衙苛政凶于虎，汤釜游魂命若鸡。
与子偕亡殷鉴在，舟犹可覆究难欺。

抗战胜利六十周年

痛深更觉痛难消，衅起卢沟事岂遥。
百战山河赢血泪，八年家国感飘摇。
捐躯宁惜头颅贵，抗敌何辞疆土焦。
记忆犹新须着意，东风挟雨欲来潮。

乙酉中秋

碧落无尘夜气清，今宵又见月华明。
几番圆缺经凉热，半纪干戈历死生。
卷地银涛平野阔，漫天白露大江横。
剧怜两鬓成霜雪，逝者如斯此际情。

庚寅中秋，欣逢中国崛起之会

乾坤正待大光明，但盼冰轮冉冉生。
海畔风云惊变幻，天涯骨肉感零丁。
百年历尽千重劫，一水犹萦两地情。
愿化干戈成玉帛，和谐相处乐承平。

辛亥革命百周年

沧海扬尘史页新，百年风雨亦愁人。
犬羊入室乘虚隙，兄弟阋墙起祸因。
万户萧疏民命尽，一峰崛起幸回春。
黄花岗上香如故，振兴中华志未泯。

迎李汝伦兄来杭度假

京门别后岁时更①，闻说南来扫径迎。
正是小春符旧令，好凭大笔赋新声。
弥深霁月光风感，不尽秋池夜雨情。
何日重临须有约，免教翘首五羊城。

① 一九九四年曾在北京会晤。

题赠杭州市蟋蟀协会

草际藤荫断续鸣，呼灯篱落忆儿情。
荒烟满地虫声急，凉月一天夜气清。
已见栏杆凝白露，当知衣被惜苍生。
不教玩物丧其志，古训千年约早成。

东山月夜

如水流光又一秋，几番月色曾当头。
死生片刻诚难料，爱恨千般亦易休。
高处何堪风露冷，低徊不尽古今愁。
江湖久历波涛险，且傍东山系客舟。

奉和周明道同志

叶堕花飞杏子林，几番风雨暗消魂。
却将起死回生手，敢写惊神泣鬼文。
别有奇方逞妙用，还从仁术见慈心。
山阴自古才人地，追步前贤喜属君。

庚寅除夕

花炮惊心岁又更，愁看双鬓雪霜侵。
偷生驹隙偿诗债，忍死牛棚慰老亲。
何忍迷离回断梦，不须惆怅忆芳辰。
年年坐待钟鸣夜，海阔天遥无限情。

新中国成立六十周年

前情非梦亦非烟，成败相当六十年。
百折千腾罗刹地，三番四覆奈何天。
峰回路转山光美，柳软花娇春色妍。
锦绣中华今崛起，堂堂立国史无前。

岁朝怀人之作

几番心上自温存，眉妩青青尚有痕。
且将悲欢归一例，休教恩怨更重论。
清霜昨夜消鸳梦，冷月何时返蝶魂。
空对年年芳草绿，堪怜飘泊惜王孙。

读《林觉民与妻书》

少时习此泪常盈，或发嚎啕四座惊。
再读再思重击节，一回一诵更悲萦。
满怀慷慨英雄气，两意缠绵儿女情。
小我应须全大我，铮铮斯语有金声。

春　晚

长堤深锁绿杨烟，远黛微波欲接天。
淡荡湖光明灭里，朦胧山色有无间。
贻珠今日人何在？分镜当时意可怜。
七十余年心底事，落花啼鸟恨绵绵。

百岁抒臆四律

百载艰难世路长，几回吮血舐新伤。
受恩欠债情犹切，问水寻山愿已偿。
锦瑟无声余寂寞，芸笺有泪识凄凉。
时逢九九寒将尽，好待迎来满院香。

涉世匆匆近百年，孤舟一叶浪连天。
帝制倾覆创先例，夺地争雄势续延。
同室操戈仇易释，强邻入侵欲难填。
东方毕竟曙光现，崛起中华位列先。

兰台玉阙偶攀登，天际长风幸可乘。
曾饮琼浆与甘露，也经跃血与沉冰。
身如硬豆炒千遍，命若悬崖系一绳。
得悟江湖舟楫险，潮生潮落总难凭。

几回曾到鬼门关，魂兮归来幸又还。
骨肉流离边塞远，亲朋零落海天宽。
书虽有笔言非易，生既无方死亦难。
浩劫一场终过了，世间治乱总回圈。

谢叶元章兄赠诗谨和原韵奉答

鹤去亭空何所师。浮云天末起遐思。
君才博雅人皆羡，我历艰危世亦知。
幽草似宜时雨润，寒梅莫折向阳枝。
花开花落寻常事，春去春来总若斯。

附叶元章诗一首

秋日怀有寄斯琴兄

不见孤山驯鹤师，秋来日日惹相思。
苔岑契合常如是，气类萧条只自知。
书愤曾题酒家壁，顶风还仗岁寒枝。
黄钟毁弃今犹烈，尘下何人识项斯。

梦浙西旧居

一枕迷离梦浙西，滩声如旧出前溪。
小园荒寂池将涸，老树杈丫叶渐稀。
吊月秋虫偎砌语，惊霜寒雀绕枝啼。
昔年战罢栖身地，系马门前景已非。

蒋荫焱同志力助《诗文续钞》编务赋此致谢

协力搜编续辑成，存新理旧几番更。
曙光未露人先起，夜色已深灯尚明。
文字因缘承臂助，性情契合倍心倾。
凭几我欲三顿首，多谢君家一片诚。

壬辰中秋

碧落无声夜气清，纤云悉卷月华明。
绿波春水当时泪，白屋秋风此际情。
望断衡峰思欲绝，梦回洛浦泪常盈。
瀛洲缥缈蓬山远，且向遥空饯一樽。

敬赋一律纪念先贤袁崇焕诞辰四百三十周年

千古沉冤碧血盈，苍生泪眼几时晴。
功高偏使疑难释，谤兴堪求计易成。
太息长城空自坏，从教大野起边声。
奔腾日夜江潮急，岂独鸱夷怒未平。

古　诗

楚　人

楚人本无罪，怀璧乃其罪。
耿耿此心丹，万死终不悔。

赠《三唱引玉集》

仁术与仁心，寿人亦寿世。
赖之辅教化，并以佐大治。

寿大风兄九十

岁月忽焉逝，兄今晋九十。执手两相看，共惊头俱白。
忆昔少年时，晨窗勤矻矻。疑义互相析，怡然各有得。
谊同骨肉亲，情谊极投合。当湖同执教，小楼共晨夕。
联床话今古，衷心常戚戚。国事频艰危，书生无长策。
卢沟战事起，风云骤变色。匆匆分袂去，南辕与北辙。
兄奔延河畔，我至峨眉侧。从此雁书沉，迢递云山隔。
烽烟遍地起，男儿誓杀贼。八年苦坚持，抗战终告捷。
不期和谈裂，安宁仍无日。直至庆解放，国事定于一。
暌违四十载，相见难相识。人生各有命，世事诚难测。

年老身犹健，余薪尚可爇。钱塘建诗社，计年已二十。
全力予支持，倾心著劳绩。托迹人世间，各自取其值。
愿更重节养，饮和与食德。敬祝无量寿，同沐盛世泽。

痛悼徐勉诗翁

天意诚难问，悲哉谢老成。相知皆垂泪，民主失忠贞。
困厄承关慰，辄使惭感并。历年沐教益，今夕若为情。
诗笔风云健，情操冰雪盟。一朝长别去，春雨湿灵旌。

焦裕禄颂

齐鲁人文地，圣贤梓里存。邑有焦裕禄，万古留其名。
乾坤映肝胆，金石矢坚贞。唯诚与唯信，忘己并忘生。
尽瘁忠于党，如伤视斯民。高山钦仰止，泰岱白云萦。

偶　得

春去与秋来，花谢并花开。天道有循环，宜悟盈虚理。
行年逾九十，期颐瞬即跻。世途多艰难，跋涉诚非易。
来日既无多，余勇当自励。偶思少年游，秉烛每忘夜。
岂知转侧间，皤然鬓丝异。辛亥易帜后，战乱迄相继。
祸患生朝夕，存亡呼吸际。我之得苟全，所恃在知礼。
但求心所安，得失何须计。时存恻隐心，视人亦如己。
几度历刀丛，祸兮福所依。锋镝获余生，未可喻常理。
乃悟修短数，中或有默契。来去任从容，不必多经意。
未知所从来，焉知去何地。且习逍遥游，养吾浩然气。
日月常照临，海天空无际。

汶川大地震痛赋

汶川地陷，日色昏黄。五月十二，痛悼国殇。
哭声动地，满目伤亡。呼儿唤女，觅父寻娘。
举世震惊，急煞中央。主席总理，亲赴灾乡。
慰生安死，昼夜奔忙。救人第一，争抢时光。
攀险临危，三军齐上。同心协力，救死扶伤。
八方支援，情谊绵长。众志成城，如铁如钢。
灾民安顿，全面考量。衣食居住，照顾周详。
人道主义，充分发扬。愈挫愈奋，多难兴邦。
英雄辈出，中国之光。家园重建，指日可望。
东方红日，永耀光芒。

悼胡锦书诗翁

忆昔杨梅节，叨承教益多。殷勤东道谊，惭对知如何。
咫尺愁相阻，往返恨少过。心倾扶绝学，情切道先河。
正盼诗邮至，遽闻薤露歌。临风空挥涕，芳芝萎岩阿。

重修宝峰禅寺

古刹越千年，弘法溯马祖。世代有兴废，精勤继法乳。
我心即是佛，一语启聋瞽。何必身外求，端在自做主。
言践与力行，广种菩提树。宝相示庄严，天龙降八部。
惜乎历兵燹，渐见圮梵宇。一诚大法师，誓复光明土。
七载勤募化，筚路与蓝缕。终使宝峰寺，气象又重睹。
钟鼓与禅林，磬鱼起廊庑。我今同礼赞，普天洒法雨。

题徐邦俊《断鸿吟草》

世事多艰辛，悲欢说如此。岂忘笔墨劳，欲言不可已。
断鸿天际远，去去何所止。向晚见霁光，余霞散成绮。

词、联

殢人娇　郭庄次韵浣萍同志

如是情缘，这般姻妁。偶相逢，便轻然诺。小乔初嫁，春深铜雀。花殢慵，又还似柳丝弱。

一角湖楼，几重帘幕。蕊珠圆，新枝连萼。炉内添香，筵前劝酌。让浮世功名尽教抛却。

金缕曲　留芳、心培、益群诸友惠赐华章，过承奖誉，惶惶之余，略告平生，藉谢关注

历尽艰危矣。忍回眸、云翻雨覆，兵戈相继。荆棘铜驼悲落日，徒觉仓皇无计。凭寸楮、呼号而已。七七卢沟烽讯急，呼全民保国卫乡里。抗敌寇，炮声起。

男儿热血胸中沸。赴戎行、关山跃马，鏖战野地。苦战八年终奏凯，纳表受降村里。萁豆煎、神器又异。命若游丝存一线，幸劫后终遇清平纪。承关注，顿首谢。

踏莎行　中东河工程赞

桥影浮虹，波光荡碧。风来水榭飞尘浥。双流清

潋看粼粼，隔岸楼台花树密。

奋战连年，齐心勠力。经寒经暑经晨夕。终教腐朽化神奇，世盛河清欢笑溢。

题王十朋纪念馆联

为宋代名臣崇宇千秋祀学士，

乃王氏先哲寒梅万树伴诗魂。

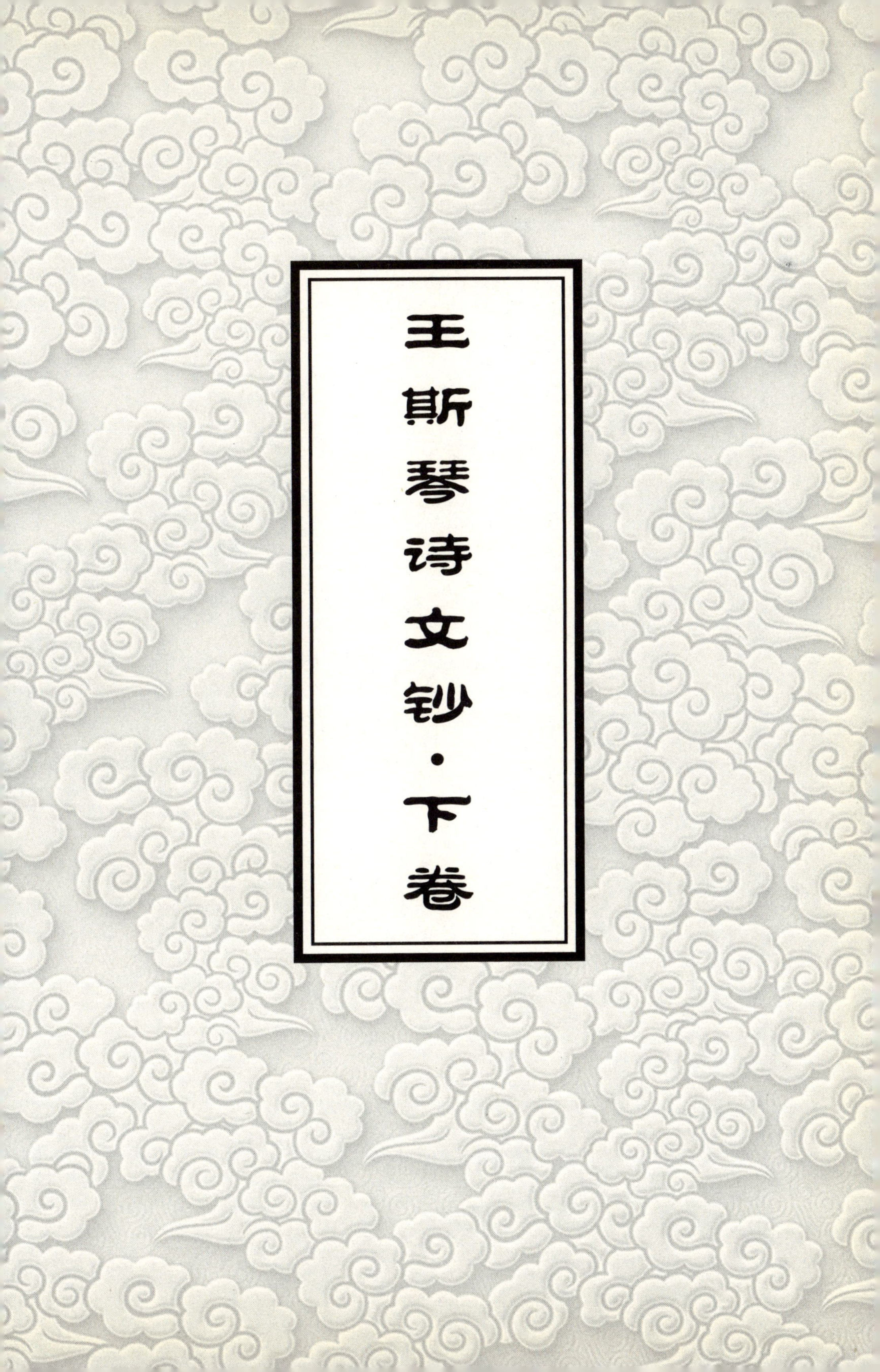

王斯琴诗文钞·下卷

诗　论

诗艺撷要讲述提纲

一、格律诗的形成

中国传统诗歌的表现形式，可分为古体与近体两种。古体诗又称古风或古诗，每首诗没有一定的句数，不拘平仄，不讲对仗，押韵也并不严格。近体诗是指在唐代才成熟的严格要求按照一定格律写成的诗，具有时代的独特形式。所谓近体，就是指与唐代以前的诗歌表现形式有所区别。

二、格律诗的种类

根据句数和字数的不同，律诗大致可分为三种，即律诗、排律和绝句。律诗和绝句都有五言或七言。五律每首八句，每句五个字，共四十个字。七律每首八句，每句七个字，共五十六个字。排律也称长律，至少在十句以上，甚至有长达一二百句的，五言为多，七言较少。绝句也称"截句"，五绝每首四句，每句五字，共二十个字。七绝每首四句，每句七个字，共二十八个字。或谓绝句是截取律诗之半，故又称截句。但根据诗歌发展过程来看，恐非如此。因就诗体的产生时间看，应该是五言诗在前，七言诗在后，七言诗是加长原来五言诗的节拍造成的，即在每句的前头，增加两个字声与开头两个字相反的字，格律结构的规则并不改变。唐代律诗形成以前已有绝句，如《玉台新咏》即载有《古绝句》。

三、格律诗的基本功

（一）平仄

平仄是根据古代汉语的声调来确定的。声调是由语音的高低、升降、长短构成的。古代汉语有四个声调，即平、上、去、入。所谓平仄，平是指平声，仄包括上、去、入三声。现代汉语也分为四个声调，即阴平、阳平、上声、去声。原则上阴平、阳平是平声，上声、去声是仄声。

（二）押韵

所谓格律，大致包括两层意思：格是格式，律是声律。声律包括平仄和押韵。一般的汉字都是由声母和韵母拼成的，同韵母的字，就叫同韵字，如安、担、干、贪等字的韵母都是“an”，把同韵字放在同一位置上，就是押韵。唐、宋诗人用的是《切韵》或《唐韵》；明、清时代，普遍使用《平水韵》，《平水韵》共有一百零六个韵部。由于时代的进展，现代人的语调、语音与古人已有很大区别，所以应该研究制定一种新的诗韵，作为写诗定韵的范本。

（三）对仗

对仗是指一联的出句和对句中，把同类性质的词依次并列起来，名词对名词，动词对动词，形容词对形容词，副词对副词，助词对助词，连介词对连介词等。如王维的“草枯鹰眼疾，雪尽马蹄轻”（《观猎》），李白的“三山半落青天外，二水中分白鹭洲”（《登金陵凤凰台》）。

对仗的作用是在使人接受思想内容的同时，也欣赏了形式的美，而形式的美，又反过来增强了思想感情的感染力。

对仗要尽可能讲求工整。要做到这一点，必须懂得诗词在语言方面的特点，才能得心应手，运用自如。

1. 要多掌握同义词

杜甫：竹叶于人既无分，菊花从此不须开（《九日》）。这里，“竹叶”就是酒的代称。

辛弃疾：闲略彴，远浮屠，溪南修竹有茅庐（《鹧鸪天·石门道中》），“略彴”就是小桥。

2. 语序可以颠倒

岑参：白发悲明镜，青春换敝裘（《武威暮春闻宇文判官西使还已到晋昌》）。

范成大：笑我生尘甑，惭君有意袍（《春晚即事留游子明王仲明》）。

3. 利用典故

孟浩然：水接仙源近，山藏鬼谷幽（《梅道士水亭》）。

李商隐：玉玺不缘归日角，锦帆应是到天涯（《隋宫》）。

（四）对与粘对

对或粘对是指取相对的意思。在同一联内，对句与出句平仄必须相反相对，即仄对平、平对仄。例如：

平平仄仄平平仄

仄仄平平仄仄平

粘，是粘连、粘附的意思。指后联出句与前联对句平仄必须相同相粘，即平粘平、仄粘仄。

例如：

仄仄平平仄仄平

↓　↓　↓

仄仄平平平仄仄

对与粘的标志主要看五言第二、四个字，七言第二、四、六个字平仄是否有误。最关键位置的五言第二个字，七言第二、四个字，平仄定要分明。

以上是简明地从形式上来说明格律诗的特点，也是必须掌握的基础知识。下面再就诗歌性质大体上的分类来说明其构思要领和各自不同的表现艺术。

四、诗歌的内容

“诗言志”，足见诗歌就是用来抒情言志的一种手段，但在实际生活中，由于社会各个活动方面的不同，它的运用也就因有一定的针对性而有了不同的内涵。最常见的可以举出如下几种。

（一）言志

言志也就是表达个人的意愿和向往。所以在写作时，一定要从大处着眼，不能执着于个人的得失荣辱，只有关心大我、心忧天下，才能有高超的意境，写出传诵不衰的名句。这里应该注意的是必须身体力行，用自己的具体实践来对它加以检验，才不致使它成为虚妄不实的空话或大话。如文天祥的《过零丁洋》：

辛苦遭逢起一经，干戈寥落四周星。
山河破碎风飘絮，身世浮沉雨打萍。
惶恐滩头说惶恐，零丁洋里叹零丁。
人生自古谁无死，留取丹心照汗青。

于谦的《石灰吟》：

千锤万凿出深山，烈火焚烧若等闲。
粉骨碎身全不怕，要留清白在人间。

张煌言的《甲辰八月辞故里》：

国亡家破欲何之，西子湖头有我师。
日月双悬于氏墓，乾坤半壁岳家祠。
惭将赤手分三席，敢为丹心借一枝。
他日素车东浙路，怒涛岂必属鸱夷。

秋瑾的《黄海舟中日人索句并见日俄战争地图》：

万里乘风去复来，只身东海挟春雷。
忍看图画移颜色，肯使江山付劫灰。
浊酒不销忧国泪，救时应仗出群才。
拼将十万头颅血，须把乾坤力挽回。

完美的诗作，也必然有高度的艺术技巧。艺术技巧的高低，绝不只是影响作品的艺术形式，更会影响到作品的内容。我们知道形式固然决定于内容，但形式对内容又有巨大的反作用。如果缺乏完美的艺术形式，势必削弱作品的艺术感染力和作品的社会效果。鲁迅曾说："单是题材好，是没有用的，还是要技术"（给李雾城的信），他还认为"忽略了"技巧，就"表现不出所要表现的内容来"（给李桦的信）。艺术技巧既是如此重要，我们当然不能不给予足够的重视。

现在，我们来看看上面所举的一些诗作里，他们运用了哪些艺术技巧。

1. 比喻

在诗歌的写作中，比喻是一种经常和大量使用的表现方法，目的是增强作品的说服力和感染力；但在运用以彼喻此的时候，应该注意以下几点。

(1)前者比后者更具体，也就是说前者是形象的。

(2)前者比后者更容易理解。

(3)前者比后者更贴近读者，前者是为读者所熟知的。

总的来说，就是要以具体喻抽象、以易知喻难知、以切近喻僻远。

2. 重复

在诗句里，有时同一个词或语反复出现，不但不会使人感到累赘，反而会感到语言流利、巧妙、优美。回环往复，更为其增加了声韵之美，增强了表现力。在民歌中，往往采用这种表现手段，这是我们应该好好学习的。

3. 对仗

律诗共八句，除头尾各两句外，其中四句一般都须对仗。在习惯上，三、四两句称颔联，五、六两句称颈联。对仗的要求是比较严格的，因为格律诗已将此作为自己的重要构律要素之一，以区别于古体诗。对仗所涉及的词语，主要是名词。其他各种词类，没有名词那样繁杂，使用的数量也没有名词那样多。过去的诗人对名词有一个分门别类的大体办法，如：天时、地理、人物、时令、政治、教化、草木、虫鱼、飞禽、走兽……并认为同类范围内的词语相对，才是工整的对仗。如“旧约鸥能记，新诗雁不传”（周孚《元日怀陈道人并忆焦山旧游》）中的“约、诗”是文事类，“鸥、雁”是飞鸟类。如果只要求词性相同来构成对仗，那称作宽对。例如“饮马鱼惊水，穿花露滴衣”（元稹《早归》），其中的“马、鱼、水”与“花、露、衣”不同门类，但词性是相同的。

对仗的两句之间，有的是相互补充，使意思表达得更加完美无缺；也有语义相反，使上下句形成一个鲜明的对比，在对照中显差异，从正反两个方面来铺叙内容。语义相补的对仗较多用，例如“沉舟侧畔千帆过，病树前头万木春”（刘禹锡《酬乐天扬州初逢席上见赠》）。语义相反的对仗使用得较少，例如“大漠孤烟直，长河落日圆”（王维《使至塞上》），“白狼河北音书断，丹凤城南秋夜长”（沈佺期《古意》）。

4. 典故

传统诗词，讲究典雅。典，就是指运用典故。它的好处是可以引起读者的联想，节省许多需要解释的语言。另外还有一个目的是可以使诗句显得含蓄，丰富它的内涵。关于这一点，上面已提到过，不再多说。

(二)山水

在我国的传统诗歌里，写山水风景的，占了很大一部分。这是由于诗人受了外界客观事物的感触引起了内在的心理活动，“情动于中，而形于言”，于是就产生了诗。这是非常自然的。但这里我们应该明白情与景的关系，它们虽然在诗人笔下是融为一体的，可是两者之间的主从关系，一定要分清楚，才不致颠倒易位。景语即情语，任何一首山水风景诗，都蕴含着诗人的喜怒哀乐之情，不是借景抒情，就是融景于情，景总归是为情服务的。有些看起来似乎是单纯描写景物的诗，如“寒波淡淡起，白鸟悠悠下”，仍是充分表现了一种平和恬淡的感情。为了加深对这方面的认识，特再抄录几首前人的诗作，以他们的作品，做进一步说明。

王安石《泊船瓜洲》：

京口瓜洲一水间，钟山只隔数重山。
春风又绿江南岸，明月何时照我还。

常建《题破山寺后禅院》：

清晨入古寺，初日照高林。
竹径通幽处，禅房花木深。
山光悦鸟性，潭影空人心。
万籁此俱寂，但余钟磬音。

李白《早发白帝城》：

朝辞白帝彩云间，千里江陵一日还。
两岸猿声啼不住，轻舟已过万重山。

从上面所举的几首诗里，随便一看，似乎都在写景，而实际上却都在写情。王安石所写的是他被谪后盼望再起的心情。李白在诗里表现的是一种被赦还后的兴奋喜悦的心情。而常建所要抒发的则是寄情山水的隐逸情怀。以景写情，在传统诗歌中是被普遍运用的手法，值得我们好好学习。

此外，在艺术技巧方面，从以上的几首诗里，我们应该注意的是：

1. 炼字

大家都知道，在“春风又绿江南岸”这句诗里的一个“绿”字，是经过王安石多次改定的。因为用了一个“绿”字，不仅可以表现出时序的推移,而且全诗句句都在暗写一个“望”字,“绿”是眼里看到的颜色,用了这个字就感到格外贴切。

2.含蓄

写诗不能如写散文那样一味直说。魏庆之说诗“贵于意在言外,使人思而得之”(《诗人玉屑》)。就是说诗人最好不要把思想感情明白地、直接地告诉读者,而应该叫读者去玩味体会。梅尧臣说:“状难写之景,如在目前;含不尽之意,见于言外。”(《六一诗话》)这就是含蓄。因为写得含蓄,才耐人寻味,才能引起读者阅读和钻研的兴趣。应该注意的是,含蓄与晦涩不同,含蓄是指言浅意深,而晦涩则是僻拗难解了。王安石的“明月何时照我还?”这一句诗意,表面上像是在写景,而实质上是在写他被谪后的苦闷以及期望再起的心情。李白的诗,也不是单纯地描写三峡景色,而是在写他被赦还后的欢悦愉快的心情,这在上面已经提到过了。总之,如能做到含蓄深远,就是能以有限蕴无限,以无声胜有声。沈谦说:“……言情贵含蓄,如骄马弄衔而欲行,粲女窥帘而未出,得之矣。”这几句话是说得很有道理的。

怎样写传统诗

一、既要“直抒胸臆”又要“语贵含蓄”

前者是指一篇好的诗歌作品,字里行间都灌注着作者的心血,从而可以窥探作者的内心世界。在这里,浅露的言辞是无能为力的。而后者所谓含蓄,正是避免浅露而选用的一种特殊的表达方式,所以并不矛盾。真正的矛盾是在言与意之间。《易·系辞》有“书不尽言,言不尽意”的说法,就是说书面语言不及口头语言详尽细致,而口头语言又远不及内心情意之委婉深沉。庄子又更进一步说:“语之所贵于意也,意有所随。意之所随者,不可以言传也。”“意之所随”是什么?我们可以理解为“动心处”,也就是一般所说的“情动于中”,这一种心意初动之时,是无法用语言来表达的。诗人所追求的正是表达内心孕育的最深层的感触。从正面使用语言这个工具是得不到理想的效果的，那只能以语言的侧面或背面，或者说是语言的空间来示意。这一种暗示的手法，必然产生了以含蓄为特色的诗歌语言。在言外寄托了无限深情和厚意。

二、诗歌语言简练，主要在于暗示

司马光《迂叟诗话》说："古人为诗贵于意在言外，使人思而得之。"他还借了杜甫的《春望》诗来说明："山河在"明无余物矣，"草木深"明无人矣。花鸟，平时可娱之物，见之而泣，闻之而恐，则时可知矣。确实讲得很透彻。

司空图在《诗品》里说含蓄有"不著一字，尽得风流"之语，也就是这个意思。我们不妨来读一首王昌龄的《春宫怨》七绝："昨夜风开露井桃，未央前殿月轮高。平阳歌舞承新宠，帘外春寒赐锦袍。"沈德潜评这首诗说："只说他人之承宠，而已之失宠可会。此《国风》之体也。"可见中心是说失宠之忧怨，而不是得宠之欢欣。"帘外"二字是诗眼，暗示主体是在"帘内"，"帘外"之欢乐愉快，倍增"帘内"之凄凉冷落。题作《春宫怨》，全诗却找不到一个"怨"字，然而满腔怨气慧眼人自能得之。

又如杜牧的《赤壁》诗："折戟沉沙铁未销，自将磨洗认前朝。东风不与周郎便，铜雀春深锁二乔。"这是言近指远，从"锁二乔"这一点上发人深思。

《春宫怨》与《赤壁》同属含蓄深远之作，而表现手法不同，一是正面着墨，反面着眼；一是小处着墨，大处着眼。

恩格斯曾说过："作者的观念愈隐蔽，对艺术作品来说就愈好些。"(致玛·哈克纳斯)这是很有道理的。

《文心雕龙·隐秀篇》中说："隐也者，文外之重旨者也。"隐，就是含蓄、有余蕴。

三、格律是自然形成的

格律并不是哪个人发明创造的，而是在诗歌的不断创作实践中自然形成、逐步完美的结果。这一规律不外乎下列四项：押韵、平仄、字句、对仗。这四项是诗词创作的基本功，所以我们必须在这几方面下些苦功，才能为诗词创作打好基础。

七言的单句平仄格式，主要记第二个字和第七个字的平仄。因七言的第一个字可不论。第二个字和第七个字的平仄即“起”和“收”的平仄。

五言的单句主要记第二个字和第五个字的平仄。

除掌握格律以外，还要多读多写。在多读中，可以熟悉典故、积累词汇、掌握音韵，更重要的是能够提高自己的审美能力。司空图在《与李生论诗书》中说：“愚以为辨于味而后可以言诗也。”这就是说，能够识别诗歌的味道，才可以谈诗。他说的“味”，就是文学艺术的美感作用。

在写作的时候，首先求通，然后求好。千万不要生造一些词。而且诗里所用的词要求必须是诗的语言。同时还要注意到“味”的一致。如陆游的《沈园》“城上斜阳画角哀”，“斜阳”一般表现衰飒的感情，“哀”是说画角声哀，实际上诗人是以画角之声传达出自己心底的哀伤，因而“斜阳”和“哀”的感情色彩是一致的。如果把“斜阳”改成“朝阳”，那感情色彩就不一致了。

除感情色彩一致外，诗中用语的雅俗也要一致，口头语言和书面语言不能混用造词，把“慈母”改成“慈妈”“慈娘”就显得别扭了。

诗的蜕化

一、什么是诗的蜕化？

蜕化也叫脱化，或称点化，这是诗词创作上的一种弃旧换新的模仿形式，如果运用得好，可以做到“化腐朽为神奇”，否则，便会形同抄袭、剽窃，缺乏独特的风格。

二、蜕化的手法

（一）句式的模仿

即是运用前人已经写过的句子，从中更换其主词，使另出新意。如：

(1)林逋的名句“疏影横斜水清浅，暗香浮动月黄昏”是从江如的“竹影横斜水清浅，桂香浮动月黄昏”而来的。

(2)叶绍翁的“春色满园关不住，一枝红杏出墙来”这传颂不衰的佳句，只是把陆游的“杨柳不遮春色断，一枝红杏出墙头”的原句，改动数字后，添了一个动词，就收到出神入化的效果。

(3)王勃的《滕王阁序》中“落霞与孤鹜齐飞，秋水共长天一色”，系参考庾信的《华林园马射赋》中“落花与紫盖齐飞，杨柳共春旗一色”这两句而写成的。

(4)杜甫诗《宿江边阁》中句“薄云岩际宿，孤月浪中翻”是由何逊《入西塞示南府同僚》诗中“薄云岩际出，初月波中上”这两句变化而得。

(二)句意的变化

(1)秦观词“斜阳外、寒鸦数点，流水绕孤村”句，乃模拟隋炀帝诗“寒鸦千万点，流水绕孤村”。

(2)杜甫的《一月五日夜对月》诗里的“斫却月中桂，清光应更多”句，有人说他是从《世说新语》中“徐孺子年九岁，赏月下戏，人语之曰：‘若令月中无物，当极明邪？’”这几句话受到的启发。

(3)贾岛诗“秋风吹渭水，落叶满长安”，周美成以之入词，《齐天乐》云：“渭水西风，长安乱叶，空忆诗情婉转。”白朴以之入曲，《德胜乐》云：“听落叶西风渭水，寒雁儿长空嘹唳。”

(4)王勃的“海内存知己，天涯若比邻”两句，系从曹植诗“丈夫志四海，万里犹比邻”一联改易而来。杜甫的名句“春水船如天上坐，老年花似雾中看”，是从陈僧标慧《咏水》诗“舟如空里泛，人似镜中行”、沈佺期《钓竿篇》“人如天上坐，鱼似镜中悬”两联脱化而来。

(5)白居易诗《醉中对红叶》中的“临风杪秋树，对酒长年人。醉貌如霜叶，虽红不是春。”苏轼用其意改为《儋耳四绝句之一》之“寂寂东坡一病翁，白头萧散满霜风。儿童误喜朱颜在，一笑那知是酒红。”

三、关于蜕化的不同主张

（一）主张一

宋时江西诗派的黄庭坚，公开主张利用前人诗句加以改造，即所谓“夺胎换骨”，或“点铁成金”法，他说：“自作语最难。老杜作诗，退之作文，无一字无来处，盖后人读书少，故谓韩、杜自作此语耳。古之能为文章者，真能陶冶万物，虽取古人之陈言入于翰墨，如灵丹一粒，点铁成金也。”黄庭坚认为“自作语最难”，同时认为杜甫和韩愈的诗文“无一字无来处”，他们都是依据前人语句改造而成的。到了明代，李梦阳和李攀龙也主张模仿。李攀龙说：“小诗欲作王（王维）韦（韦应物），长篇欲作李杜，便应全用其体。第不可羊质虎皮，虎头蛇尾。”

（二）主张二

吴乔对宋人宣扬的所谓“夺胎换骨”和“翻案法”提出不同意见，他说：“各自有意，各自言之。宋人每言夺胎换骨，去瞎盛唐字仿句摹有几？宋人翻案诗，即是蹈袭陈言，看不破耳。又多摘前人相似之句，以为蹈袭。诗贵见自心耳，偶同前人何害？作意蹈袭，偷势亦是贼。”

袁枚认为诗“以出新意，去陈言为第一着”“味欲其鲜，趣欲其真，人必知此，而后可以与论诗”。他还讥笑专事模仿的诗人说：古人作诗，今人描诗。学杜、韩而竟如杜、韩，谁肯看伪杜伪韩之诗乎？

四、对蜕化的正确认识

蜕化只是诗词表现手法的一种，是技巧，不是原则。写诗要有新意，“新”就是独创性。生活是文艺的源泉，也是文艺获得独创性的根本。所以必须重实际，师造化。即陆机在《文赋》中所说“谢朝花之已披，启夕秀于未振”。诗词必须要以创新为主，这是完全正确的。

序《中国历史人物百咏》

我中华立国五千载，擅山河形势之胜，称钟灵毓秀之邦，嬗递不绝，代有兴替。每于风雨狂涛之日，存亡绝续之交，辄见孤臣泣血，力尽回天。或见危授命，死而后已；或临难不辞，慷慨捐躯。耿耿精忠，昭见日月。余少时读史至此，感奋之余，每为掩卷雪涕，不能自已。窃思我中华虽数历地塌天崩之局，而始终屹立于世界民族之林者！所赖者何？乃崇尚气节，宣扬纲纪而已。知耻近勇，取义成仁，其来有自。凝聚力之强，故为举世罕有。其间亦有穷源探秘，精研科技，道世界之先河；皓首穷经，心瘁典籍，贻著述于后世。丰功伟业，光耀史乘。久思表而出之，用以砥砺后人。然俗务纷纭，终难如愿。前岁春初，曼兰女弟以拟著《中国历史人物百咏》事相告，闻之心喜，力促其成。并勉以毋懈毋馁，早日成书。盖以其才思之捷，力学之勤，成功可为预卜也。

去秋，曼兰果以初稿见寄，并请代为审校。全书近十万字，计自女娲以下，共七十五人，人各一诗或二诗，共得诗一百首，并加简介，俾读者知其人、明其事，于吟咏赞叹之际，益增其向往之忱，庶能永铭心臆也。

曼兰习医，业余从事写作，涉猎甚广，无论小说、诗歌、散文等，均有所作，常见遴载于各杂志、报纸。对传统诗词则尤为爱好，遴载于海内外各诗词集刊者极多。于新旧文学均具有一定根柢，为当代女作家中所少见。

近岁开放以来，香风毒雾，一时并至。防微杜渐，于强调物质文明之同时，因亦不能忽视精神文明之建设。此书以介绍我国历史人物为内容，风檐展读，古道照人。其有益于敦品励行者，实非浅鲜。故既为具有知识性之文学作品，又可作进行爱国主义教育之极好教材。所惜收罗欠详，历史人物尚有漏列，望于再版时能予以补入，以求完备。

余以才识疏浅，又懒于笔墨，略志数语，用陈鄙见，岂足以言序也。

壬申仲春于杭州西溪之畔

序《鸳湖诗集》

曩读《鸳湖诗集》，知海盐有张冬心先生，其诗作清醇淡雅，辞旨隽远。心仪其人，昧陈尺素，遂获缔交。一九九〇年后，以文字切磋，书函往返渐繁，乃知其非仅才识渊博，且德行高洁，穷居陋巷，不慕虚声，有箪瓢饮食之乐，无鸡虫得失之虑，虽屡经风雨，久历坎坷，然终不以一己之私，遂捐家国之忧，其诗集中率多怀人忧世之作，爱乡爱国之思溢于楮墨，余诵其诗，念其行，仰慕之情与日俱增。一九九〇年夏，余以《浙江诗词》第二辑付印在即，专函乞稿，旋承惠诗，并附函有云："年来体力日衰，卧病穷乡，得暇辄学老童生孜孜于诗词一端，补未读之书，勤自学之径，偶有所悟，每增内愧。盖深觉往日效颦之作，允堪齿冷，今犹未是，而昨昔都非，究其原因，良以读书不多故也……"谦抑之情于此可见。虽身处困境，而犹勤于治学，不为外物所惑，唯求内心所安，此种超凡脱俗之思，实非一般人所可企及也。

前岁冬，先生曾邀去海盐，借谋良晤。当时以雨雪载途，未克成行，函请容订后约。不意人事纷扰，终难如愿。而先生则于去岁八月二十六日猝然遽逝。四载神交，缘悭一面，在余则诚将抱憾终身矣！

先生体质羸弱，近年益感不胜。病中曾强起支持，手定诗作百余首，中多缠绵悱恻之作，凉蝉秋树，余韵生哀。承其不弃，恭楷誊正后，嘱为过目。于是对其覆巢之痛、身世之悲，更觉感同己受。人事不作，天道难证。于不忍卒读之余，辄为掩卷叹息者再。

今其诗集已由其门人黄心培君为之编校成帙，海盐县博物馆、县志办、县政协等将为印行，用彰幽光，问世在即，爰志数语于集端，既悲其遇，复志余痛。

癸酉春日于杭州西溪之畔

是年七十又九

《芸窗诗草》前言

徐寿汉、徐邦俊、贾如柏等几位同志，他们把几年来的诗词作品，各人选了几十首，合起来辑成一集，题名《芸窗诗草》，把它作为向母校杭州老年大学建校和钱塘诗社建社各十周年的纪念。要我写几句话表示一点意见。我除了对他们的“老有所学，老有所乐”的精神感到钦佩之外，还能够说些什么呢？

我仔细看了一下这些作品，大都是他们平时在诗词班上的习作，题材大致相同。如参观访问、名胜游览、读书心得之类，还有些社交应酬作品，但各人有各人的见解，构思极不相同，已经比较熟练地掌握了有关诗词写作的技巧，达到了一定的水准。经过短短的几年学习，竟能取得这样的成绩，实在是很不容易的。

因此，忽然想起：从这些老同志的学习效果来看，对于学习传统诗词有两种先入为主的成见必须打破：其一是不容易学，现在事实证明并非如此。老年人能学好，难道青年人反而不能学好吗？何况没有一定的难度，人人一学就会，分不出高低好坏，它的价值又体现在哪里？所以说，不容易应该指的是学好学精，不是指学会。那么任何工作都一样，写诗当然也不例外。

其二是所谓束缚思想。什么叫束缚思想，它的概念，我以为不让说、不敢说是一种情况；词汇贫乏，不能充分表达自己的意见，又是一种情况。这里应该指的是后一种。语言是一种艺术,要能驾驭自如,必然要有较高的文学素养,熟能生巧,触类旁通,这是极简单的道理。问题是必须下些苦功,要想不费什么力气,就能学到什么,这是不可能的。他们这几位离开工作岗位以后,对诗词写作发生的强烈兴趣与孜孜以求的精神,在班上是人尽皆知的。别人笑他们何必这样自讨苦吃,他们却说乐在其中。这也许就是古人所说的"人各有志",一点也勉强不得。

读了他们的这些作品,使我更感到高兴的是我毕竟有了同道,还不至于引来"荷戟独彷徨"的感叹,我并不是孤单的。

一九九四年七月于杭州

序《鸳湖梦忆》

一弘把他写的《鸳湖梦忆》定稿,在付印之前交给我,要我做一次最后校阅,作为第一位读者,我感到十分欣幸。

书里所记述的,不过是一些生活中的小事,平凡而又琐屑。但由于他们所生活的时代和特定的历史条件,他们的思想行动,当然也就无法超越时代的局限。在生活道路上,他们有欢乐、有悲哀,对问题有种种看法。这些也就无形中记录了时代的痕迹,通过一些所谓小事,正也反映了一个时代的侧影。

他们所生活的是一个极不宁静的时代。从抗日战争到解放战争,很多人经受了血与火的考验,很多人却也含恨离开了这个世界。到今天还能幸存下来的人,他们都同时亲身经历了一些史无前例的事情,所以也差不多有一个共同的认识,那就是何不幸而生于此时代,而又何幸生于此时代!

一弘与文佩,这一对在烽烟岁月里结识的贤伉俪,在他们的生活里,充满了不幸与酸辛,但他们始终相濡以沫,珍惜相互之间的感情。将近半个世纪的共同生活,苦涩中又有温馨,彼此扶持着走向未来的希望,这是非常难能可贵的。抗战期间,我与一弘在浙西山区的《浙西日报》《京杭日报》，胜利后在杭州《潮流》周刊与南京《中国时报》，曾先后三度共事，所以相知较深。书里有些部分，也写到了一些关于我的年轻时候的情况，使我读来感到格外亲切。自然不免也勾起了我一些痛苦的回忆。在一场浩劫中，她永远走了！到现在时间虽然已经过去了几十年，只是秋月春花，怎样也不能消释我心上的隐痛。但想到眼前的一切，无不疑幻疑真，非花非雾，也就坦然了。

巴金在《十年一梦》的序里说："……我不是战士！我能够活到今天，并非由于我的勇敢，只是我相信一个真理：任何梦都是会醒的。"

我想也是这样。不过，我祝愿后来的人，都会有一个好梦。

一九九五年九月于杭州西溪之畔

《老子谈道》编后

《道德经》五千言，乃中国古代哲学中之光辉著作，优秀传统文化之瑰宝。所谓道法自然之说，即指天地万物运行，必须遵循宇宙运动规律而言。人事万态，亦无莫不然。其持论精微，深莫可测。故仲尼有犹龙之叹。社友黄容女士，以《老子谈道》初稿见贻，嘱为审校。余不学，对老子之说，甚少涉猎，何容置词。然揆诸情谊，义无可却，谨为校阅一过。深觉抉微探奥，阐述精详。复以深入浅出之笔，独抒新义，诚为研究老子之津梁。遂怂恿付梓，列入《钱塘诗社丛书》之十八种。盖于诗中哲理，有甚可参悟之处，借供参考。成书期间，承郑仕文、周明道两兄多加协助，黄册老弟乐为题辞，于此谨致谢意！

一九九六年十月于杭州西溪之侧白荡海畔

序《屈赋考辨》

张叶芦先生以其历年所著有关屈赋考辨诸作结成一集，章节井然，都十八万言。其间晚年之作，多未公开发表，故其独到见解，迄为世所罕知。楚骚诸篇,古今注家众多,唯因年代久远,考证不易,仁智之见,遂各有不同。关于人事、地理诸端,往往一叶障目,囿于陈说,学术界难有定论。是非抉择,使后学无可遵从。先生有鉴于此,因以历史唯物主义之观点,权衡众说,殚精竭虑,探幽发微,一唯求真务实之精神,广征博引,阐明其旨。青灯皓首,矻矻穷年,其苦心孤诣,洞然可鉴。

为昌明诗学,求正得失,先生曾将书稿于1995年秋商请某出版社审定出版,讵意几经周折仍遭长期搁置,最后对方提出以包销五千册为付印条件。求近于苛,事非合理。迩来个人学术著作问世之难,于此可见。

今夏老友赵德煌兄,深恐明珠藏椟,难求世赏,乃携来原稿,请列入我社丛书。并乞为审阅,余学识浅陋,殊难从命,唯校雠之责,义无可辞。拜读一过,启迪良多。与前贤补忽略,为后学作津梁,功在诗坛,当不可没。因志数语,用申敬仰。谓之曰序,则余岂敢。

一九九八年五月四日于杭州西溪之畔

序《自乐集》

今春游吴门,得晤学兄俞林昌于其寓邸。西窗话雨,快慰生平。昔日故旧,死生莫卜者几达半纪,白发重逢,相看执手,不禁怃然者久之。

林昌兄好学不倦,才思敏捷。在校时即为师友所称道。抗战军兴,投身救亡运动,辗转浙省东西前线,以其饱含激情之文笔,呼吁团结抗日,其作品为国内各报刊所竞载,文采奕奕,人所共仰。

迨胜利后,国步仍艰,兄则身心困倦,著述渐稀。时余亦以退役离浙,橐笔金陵,睽违两地,虽乏过从,然渭树江云,系念之情,辄未稍释。

由于人所共知之原因,兄自难免被遣之列。造次颠沛,何堪言述。及事实澄清后,益自蹈励,意气不衰,所为文,无论涉及社会、民俗及文教各个方面,无不独具卓见,载誉当时。旋去唐山执教二十余年，桃李成蹊，泽被后学。晚年居家姑苏，山水怡情之余，兴之所至，仍不忘寄情笔墨，不拘一格，写作不辍。并将在各报刊逐年发表之作品，陆续剪辑，裒然成帙。据谓意在自乐，为藏拙计，不拟整理成书，公开印行。晤谈之际，承其将稿本见示。余一经展诵，即难释手。因就文字而言，非仅要言不烦，简洁流畅；甚或涉笔成趣，莞尔之余，发人深省。对师友言行之记述，则更音容宛然，情真意挚。其次，文稿内容，按时序而言，已逾周甲。沧桑世事，就中颇有脉络可寻。凡时代之心声，社会之动态，记叙所及，足供后世参证。而遗闻佚事，或可补地方史之不足。片言只语，堪资借鉴。乃力促辑印成集，俾免散佚。几经商请，始承允列入《钱塘诗社丛书》，用以求教时贤。今付印在即，爰志数语为介。时正秋热，濡汗湿纸。仓促属稿，未尽什一。

二〇〇二年八月廿日于杭州东山之隅

序《胡启南画集》

余姚胡启南先生，精书画，工词章。以生当国势凌夷之日，横流沧海，徒悲仰屋之呼。遂潜心艺事，借胸中丘壑写祖国河山。其苦心孤诣，会心人不难获解。故虽尺素寸缣，云峦烟树，用笔无不精妙，摩挲展读，辄有江山万里之感，其写花鸟，则好鸟枝头，别具天趣，风格清新，不染尘滓。使人读后，一种超然物外之感，油然而生。晤对之间，顿消俗虑。

先生作画，重传承而主创新，尝谓："以临摹与写生奠其基，重六法而师法自然。练之日久，能渐臻物我相融，自成风格，不落前人窠臼。"又云："画之妙在无笔墨处。"此又极似"意在言外"之诗法要旨。诗理即画理，以丹青笔触，抒诗人怀抱，其意境高远，不待言矣。

民国肇始，里塾渐废。为弘扬艺事，扶植后进，先生在邑中乡校义务执教多年，与邑中文士蒋镳（君扬）、诸章达（天自）、郑启芳（春生）、高品三（维金）、严子鸿及稍后之陈之佛（雪翁）时有诗酒之会，举觞高咏，即席挥毫。

其作品为时人所重，岭南画派陈树人亦佩其功力。

是集所辑一百四十余幅，系其孙胡若平历年征集所得。为珍惜先人手泽，使不致流失，特加辑印，借供世赏。其外孙范无伤参与编校，并索序于余。余不文，且未谙绘事，率尔操觚，何能扬潜德而彰先贤。然叨在知好，情实难违。爰志数语如上，用申敬仰之忱。

二〇〇二年十月十二日于西湖东山之隅

序《张继正诗集》

诗难写，尤其是口语化的自由体诗难写。

为什么？理由很简单：因为诗的语言，是美的语言，是经过提炼的语言。它必须在粗糙的口语中，加以筛选，或风趣，或幽默，或委婉，或直率，总之是成为一种艺术的语言。诗又是一种鲜活的语言。它不同于写传统诗，有现存的成语片语或典故，可以变化运用，还有一定的规律可遵循，自由体诗则你爱怎么写就怎么写，但又绝不是散文短句的分列，这就需要诗人天赋的聪明，卓越的驾驭语言的能力。而且写诗要有真情实感，它是心灵深处感情的流露，在文网森严的旧时代，传统诗可以运用它特有的手法，写得朦胧、隐晦，用来避祸。然而，口语化的自由体诗，由于实话实说，却缺乏这种可能。另一方面，它又没有严格的音韵要求，诗句可长亦可短，体例十分松散。这样，在作品的相互之间就难于比较，显不出高下，更无法体现汉语言文学的民族特色。从“五四运动”的打倒旧文学以后，它在中国诗坛上以一枝独放的姿态，宣道了几十年，但却难成气候。毛泽东所说的“几十年来，新诗迄无成就”的这句话，大概也是指此而言的。

目前，无论是传统诗或自由体诗都面临着时代的挑战，同样需要创新以获得新的生命力，而创新必须重视继承，在前人已经取得经验的基础上，做进一步的开拓，否则，就难以避免主观性和盲目性，而陷入无可奈何的困境。

不可否认，中国是诗歌王国，两千多年来，从《诗经》开始，唐诗宋词各有千秋。它们以本身特有的魅力，成为人民大众喜闻乐见的文艺形式，从而拥有了强大的生命力。语言的凝练，节奏的整齐，音韵的和谐，它完全具备了作为诗歌的基本条件，加上历代伟大诗人在各自的作品中所表现的高超的意境、内容和形式，形成一种完美的结合，因而始终不以时代的更易而消亡。

可见对诗歌来说，讲究音韵与节奏，是必须具备的条件，而不少自由体诗恰恰忽略了这一点，不易上口，不易记忆，恐怕这正是它不能为多数读者所乐于接受的主要原因。

继正清楚地认识了这一点，所以他写的自由体诗，不仅敢于面对现实，发出心灵的呼唤，也注意运用传统的技巧。排比、对偶、音韵和谐，起到了良好的继承作用，同时宣道了一种新的诗风。这确是值得肯定的。

继正是我的学生，早年尚在学生时代已显示了他艺术的天赋，诗词和绘画都是他所陶醉的，有时候写几首小诗也别具新意。可是很不幸，他的聪明才智，无法抗拒地受到了扼杀。直到后来去了香港，全新的环境，开启了他久闭的心扉，于是诗情激荡，好句如珠，一发而不可收拾。这就是他在后记里所说的“迟到的诗缘”的原因。

现在，他把这些年来的作品汇编成集，我有幸作为第一个读者，十分高兴，就写了上面这些话，算是我读后的意见。自由体诗应该怎样写，是需要创作实践证明的。但继正的创作道路，至少给了我们一个很好的启发：发扬传统、贴近生活是不容置疑的。

“人间要好诗”。愿继正努力开拓，更创辉煌！

二〇〇二年十一月五日于杭州东山一隅

序《天目山房诗文集》

余少时，每读《浙江商报》“珠盘玉屑”栏载潜阳方幼壮君诗词，清新朴质，风格遒上。虽心仪其人，以缘悭一面为憾！迨抗战军兴，以厕迹戎行，辗转浙西，军次潜州，承军长陶公思安之介，乃得接光霁，快慰生平。其一种恂恂儒雅，温厚可亲之态，致遽忘彼此，如对故人。

于是军务余闲，辄有酬唱之作，他山之借，获益良多。晤谈之际，复得悉其尊人清末维新党人方公子壮之忠烈事迹，从知其学养渊源有自也。

方公子壮，幼而歧嶷，髫岁入庠，应科举试，甫冠即中进士，少年得占巍科，声名籍甚，授刑部主事。惜处世变方亟之时，新旧之争日剧。公因参与维新运动，竟遭戕害，英年早逝，赍志以终，有识人士，无不痛悼！幼壮君幼年失怙，所幸刻苦自励，守成有道，致维家声于不堕，滋兰桂之盈庭，为善必昌，是可证矣。

新中国成立之初，余自金陵解组返杭，不意邂逅幼壮君于湖畔，欢然道故，互庆承平。而匆匆一晤，旋复别去。其间以迭次运动，不遑朝夕，遂致音问久疏，岁月不居，迄已时逾半纪。我念何如？寸心莫释。

今秋幼壮君哲嗣玫卿，忽登门造访，出示子壮公《天目山房诗文集》暨幼壮君《西菩山房诗词稿》云：为珍视先人遗泽，俾免散佚，拟合印成集，作为家藏。叨在世谊，嘱代校订并予序言，乃知幼壮君已于一九七四年弃世，展视遗稿，宁无腹痛！

文稿内附有科场闱墨及说帖，极具史料价值，足供研究近代史者之参考。

余不文，何敢言序。秋日晴窗，爰书此一段文字因缘，用以为介并申景仰之忱。

二〇〇四年十月廿四日于东山之隅

序《清源集》

诗以情韵胜，否则，何以感人？而情韵系出自真性情，如天籁之音，自成激响。此蜡泪成灰，春蚕丝尽，或人谁无死、留取丹心之句，使人荡气回肠而传颂千古也。

揆诸当世有揽卷兴悲、投笔奋起之说，足证至情文字，感人之深，虽百世而不易矣！明乎此，则词章之道，思可过半。

盖诗作如仅限于词藻之堆砌，或政治术语之表解，诗味索然，自不待言，遑论社会效益。今读黄心培君所著《清源集》，意切情真，多掏尽心肝之作，其富于情韵也宜矣。

心培君好读书，重义气。当其十六岁时便插队边疆于冰雪苦寒之地。工余，即拥衾执卷，未肯轻易废学。锲而不舍，辄未稍懈。以是涉猎既广，见闻自博。于我国古典文学中，尤爱诗词。迨转籍浙江海盐后，师事海盐著名诗人张冬心先生，事之如父，养生送死，侍奉备至。冬心先生孤苦无依，备极困顿。身后事，悉由心培君料理，其尊师仗义也如此！故余重其人，益爱其诗，人品即诗品，岂其然欤？

《清源集》共收诗四百三十二首，以律、绝为多。词二百五十四阕，并附楹联五十二副、论文六篇。所作于摩唐追宋之余，贵能独创新意，矫然不群。尤以师事冬心先生生前好友，海内著名词家许翁白凤后，其词深得许师衣钵，善用口语入词，质朴清纯。此亦与海盐前辈沈祖棻先生同一格调，兰芬桂馥，人杰地灵，信非虚语。

今者，世纪方新，国运昌隆，中华诗词亦正以其特具之生命力蓬勃兴起，薪火相传，后继有人焉。爰书数语，以志我之喜欢无量。

二〇〇五年五月廿九日于杭州东山之隅

序《天长地久此时心——金兆芬女史纪念文集》

惊悉兆芬如侄之丧，悲痛曷似！既伤其逝，复怜其遇也。

兆芬幼时以父母仳离，长期寄居外家。岁月岑寂，闻足音而色喜，遂养成其敦谊睦群之性格，谦恭有礼，人乃无不乐与之交。其于学习则刻苦自励，奋进不懈。如对传统诗词之写作，由辨平仄，谙韵律等基本技巧之掌握，进而至遣词造句之艺术构思，循序渐进，识其要旨，终能达到一定水准，集中诸作，堪为佐证。

其尊人金公越光，新中国成立前任国民政府监察院监察委员，虽政务冗集，仍不时以长女兆芬为念，呵护有加。一九四八年以扬子公司事件，曾领衔提出弹劾当时行政院长孙科一案，亲至沪上督办，名震一时。留沪期间，特嘱兆芬至其寓所，朝夕相伴，共叙亲情，长达年余，骨肉情殷，由此可见。一九五〇年春为当时形势所迫，金公仓促辞家，远赴台湾。自此海天遥隔，两地暌违，长达半世纪有余。此兆芬思亲之作，情真意挚，所以感人也。如所作《岁暮思亲》：

椿萱恩重，别梦情长。云天极目，兴叹望洋。
高堂寿考，儿亦鬓霜。陟岵陟屺，深恩孰忘？
鸦尚反哺，我负义方。春晖未报，徒自忧伤。
沧波万里，何以渡航？难依膝下，倾诉衷肠。

又如调寄《蝶恋花·悼父逝世台北四周年》：

又到池头[①]离别处，怅望南天，难遣心凄楚。重倩雁儿捎信去，雁儿不识云间路。　　半纪生离人作古，咫尺天涯，何事归期误？一曲悲歌沧海渡，泪花遥祭他乡墓。

金公赴台后，则仍无一日去其忧国之思，在台组织"中国国家统一建设促进会"，奔走呼号，不遗余力。渴盼两岸能互泯恩仇，和平统一。如其《寄女》诗有句云：

别井离乡四十春，桑梓情况赖通音。
两岸和平真统一，潜阳故邸叙人伦。

惜金公于二〇〇〇年，百岁遐龄，逝世台北，未酬其亲见两岸和平统一之愿，赍志以终，为毕生遗憾耳。

兆芬生平诗作，遗稿盈尺，为免于散佚，其爱侣曹潜龙君，历时一年，亲加审选。分列为亲情曲、师友情、山水吟、感时篇四类。另附新诗、散文多篇，以及亲友悼念之作，汇成一集，题名曰《天长地久此时

---

① 池头指父原住处杭州荷花池头。

心——金兆芬女史纪念文集》。经请沈淑影同志、裘哲明同志、王悦同志、夏理宽同志两次协助校勘后，拟予印行，借资纪念。

因交亲两代，索序于余。临颖怆恻，颇难成文。谨书数语为介，不足以言序也。

王斯琴二〇〇八年五月于东山之隅

序《紫藤室诗词》

“文革”之祸既弭，清平复睹。故友重逢，于相悲问年之余，约期雅集，俾徜徉湖山，互倾胸臆。乃共议筹组钱塘诗社，并印行社刊，各以所作，相互琢磨。以是因缘，得识俞浣萍女史，园游茗叙之间，知其除擅长诗词外，亦工书法。书体秀逸，诗则清韵绝尘。或云：诗如其人，岂其然乎？

浣萍尤精于倚声，无论小令、长调，情致窅缈，一本易安。朋辈传诵，莫不击节。每有新作，国内外诗刊时有转载，诗名渐著于诗坛。就余所知，其作品之构思精细，圆转自如，当代词坛，除翠楼吟主海上陈小翠，蜀中蔡淑萍外，殆无他人可与抗手。

夫词之为体，与诗近而又不尽相同。静安先生有云：“词之为体，要眇宜修，能言诗之所不能言。而不能尽言诗之所能言；诗之境阔，词之言长。”浣萍女史颇能深悟其旨，有余不尽，言外传神，其灵心慧质，读者尽可从其作品中得之。

浣萍之夫君仲鼎先生，亦余之畏友。长期执教于高校，潜心国故，造诣颇深。伉俪协力，曾合作编著《清词一千首》等著作多种，有助后学，厥功非浅。

今夏得浣萍女史函告：为免于散佚，拟将其历年所作诗词约四百首，并附仲鼎自选诗词若干首，合印成集，愿得一言为介。余以衰惫，力有不及，然承不弃，未敢违命。乃借晨窗微风拂襟之际，执笔书此，未能尽其万一，至感惶愧！唯愿大作问世之日，乞能先睹为快。

己丑孟夏王斯琴于西湖东山之隅

代序《李一航纪念集》

心潮如海夜绵绵

——记我与李一航六十年的交往

一航离世已经十八年了！

每当想起他的时候，往事历历，如在目前。我们年轻时，同样生活在一个民族濒临危亡的时代，经历风雨，在艰难困苦的跋涉中，各自献出了自己的青春。其间的是非恩怨，无法诉说，但时间是最好的公证人，沉默似乎比争论更好。读了江晋华同志编著的《李一航纪念集》，从一航生前所写题目为《青春岁月》的一篇文章以及《上访日记》里，我们完全可以看到他当时所受到的折磨、屈辱与痛苦的心情。幸而雨过天晴，在党的十一届三中全会做出了拨乱反正政策以后，他有了申诉的机会，然而由于一些关键人物的逝世或下落不明，他的组织关系一直得不到解决，这事使他不得不抱有遗憾。作为一个交往六十年，相知有素的友人，对于他的一些不便对人吐露的情况，我是多少有些了解的，所以在为他痛惜之余，愿意借此做一些事实的补充。

首先我要说的是出版《虹飞诗集》的情况，记得那是一九三二年夏天，我和一航同时考取了浙江省立民众教育实验学校师范专科。这是一所性质特别的学校。学生上学全部公费，注重人文教育，主张独立思考，校长是美国哈佛大学毕业的教育博士尚仲衣，提倡思想自由。学校图书馆日夜开放，并备有抄录卡片，可以随时索取。读书空气相当浓厚。浙大的郑晓沧、钟敬文、夏定域，艺专的潘天寿都在校兼课，师生之间相当融洽。我们同学三年，因为都爱写诗，一直同桌学习，成了不分彼此的好友。课余，我和一航在当时的《杭报》副刊上，每周编辑出版一期"铜驼"诗刊。又和吕举鳌合编一期"前哨"文艺。收录在《虹飞诗集》里的一些诗，大都曾发表于"铜驼"诗刊。在编印成集的时候，著名诗人臧克家还特地为它题写了书签。"铜驼"与"前哨"只办了两年，就宣告停刊了，虽然在文艺的海洋里，它们只是一朵小小的浪花，但它们表达了那时我们年轻一代的心声，发出了拯救民族的号召。

我们从师范毕业以后，各自力求深造，第二次会面，已经是在抗日战争开始后的第四个年头，那时我从浙西的游击区到了重庆。一航在“军委政治部”担任部长陈诚的随从秘书，我则在“中央训练团新闻研究班”学习（其后改由马星野接任后，独立建校，改称“新闻研究院”）。分别多年，他乡遇故知，见面后格外高兴。每逢节假日，我总是从浮图关下来到两路口的政治部约他外出聚餐，约定避免世俗的客套，轮流做东，有时借着酒兴，指点江山，评论人物，真觉得有点豪情慷慨。可惜好景不长，我只在重庆住了一年。这期间，国共两党明明暗暗摩擦不断，斗争渐趋于表面化。陈诚的另一位秘书邓达章和一航商议后，从陈诚的皮包里取出了绝密档《防止异党活动办法》抄录后，由一航亲自送交副部长周恩来。这一行动使国民党的秘密公开，为共产党做出了卓越的贡献。这件事发生后，一航也渐渐觉察到自己的处境不利，终于毅然决然离开了政治部。

我在学校结束学习后，受《扫荡报》派遣，担任战地记者，到浙西前线随军采访。由于联系不便，我们之间的通讯自然也就减少了。有一次突然接到一封他从内江寄出的来信，说是再不愿做紫色的梦，已经离开政治部了，并且告诉我不必回信，等生活安定以后，会有信主动联系。据我估计，他必定有难言之隐，但也只能默祝他一切平安。

失却联系后，我虽然也尝试从各地朋友处打探他的消息，但无结果。在战火纷飞的日子里，只能空余深沉的怀念。

抗日战争的胜利，来得那么突然，同样突然的是忽然有一天，一航叩响了我办公室的门。那时我已从部队复员，在杭州暂时担任地方行政工作，可以说是百废待理，忙碌异常。拉开房门，不料竟是我日夜想念多年不见的一航，真是“乍见翻疑梦，相悲各问年”。那一阵惊喜，确是无法言说的。我问他别后情况，他说：“一言难尽，等以后慢慢告诉你。目前我急于要找到一个立足之处，解决生活问题，不知你有否办法帮忙?”我要他放心,当尽全力为他解决。当时我在附近“楼外楼”餐馆,请他吃了便饭。他能喝酒,饮后长谈,互倾积愫。彼此都有说不出的高兴。

几天后,我通知他有两项工作请他考虑,一家报社的总编和一所学校的教务主任。他在电话里答复:都很好,容作决定。哪知未隔多久,他就亲自跑来对我说:他的家乡德清的一所师范学校要他回去担任校长,因此杭州的两处工作都只能辞谢了。对于我的帮助,他表示十分感谢。

这一年的暑假,我因与当局意见相左,辞掉了地方行政工作,又遭丧妻之痛,心情抑郁,一航知道了我的情况,便来信邀我去该校任教,他说老同学徐萍洲也在当地县政府工作,德清山水清幽,鱼虾鲜美,不妨借此叙叙,各自放松一下心情。接信后,我就应邀去了德清任教,课余游山玩水,饮酒谈诗,在纯真的友情中,几乎忘却了人世的尘俗。

这一段时间里轻松愉快的生活,使我毕生难忘。

一九四六年的寒假开始,已经接近年底了。我回到杭州,忽然接到南京“国防部新闻局”的急电,说是《中国时报》准备在明年元旦出版,要我立刻去参加筹备工作,许多老朋友在等待我会面,受到友情和职业兴趣的鼓动,这样,我又在匆忙之间离开了杭州,不料这一去就是三年。

到南京后,因健康原因,我在报社里只工作了一年,此后就转到了“中央监察院”工作。我在报社期间,一航曾因参加大会来过南京,他说这次会议是讨论有关党团合并的事宜。对我来说,确是一个棘手的问题。因为在地区范围内,校长是当然委员,要摆脱这个圈套,除非立即辞职,但这种明显的对抗行为,必然会引起当局对我的怀疑,真叫我进退两难!我当时也无言以对,只能说事既如此,也只有慢慢想法解决。面对这种欲罢不能的情况,我看到他的满面忧色,但也实在爱莫能助!

后来经过交涉,请他暂时挂名,三个月后派来专人负责,他迫于形势,不得不受的委屈,我是很清楚的,也就是由于党团合并筹备委员暂时挂名的名义，成了他历史上致命性的关键问题。

一年以后，中国历史又翻到了新的一页。一九四五年五月，杭州解放。一航在浙江省文联工作，我于浙江干部学校第二期毕业后被派往宗文中学(现为第十中学)任教。每逢节假日，我们仍常有来往，后来运动不断，联系渐稀。直到“四人帮”垮台后，我们才又取得了联系。那时他住在教场路附近的省文联宿舍，劫后重逢，我们的喜悦可想而知。他告诉我近来正在写一本普及外国文学知识的书，书名拟定为《外国文学艺术家轶话》，现在已成大半，但出版前需要仔细校对，问我是否可以帮忙。当然，我是义不容辞地立刻答应了。于是每隔两天就去他那边取送稿件，时约一月，才告完成。他写这本书的另外一个原因是想取得一笔稿费收入，补贴家用。每天借一包劣质的“旗鼓牌”香烟和四两白酒来支持他的创作，却也严重损害了他的健康。

为了洗雪自己的不白之冤，在一九八二年夏天，一航由其爱侣李海琴陪同去北京上访。临行前我去送他，觉得他情绪很好，只是他不无忧虑地对我说：可惜能够证明我问题的主要当事人都不在了。如果能得到些有力的旁证，或者也可能解决问题。我只能尽到我的努力，究竟如何，不管它了。

大约过了一个月，他从北京回到杭州，一见面就说：这次去北京最大的收获是见到了许多老朋友，关于争取恢复我的组织关系，还很不乐观。这里面的情形复杂，你不必问了。

正是在这个时候，党中央发出了发扬民族文化的号召，我们几个老同学就在杭州组织成立了钱塘诗社，定期在一起畅叙，品茗谈诗，一航也是每次必到的。可是有几次我总觉得他精神恍惚，行动迟钝，担心他是病了。我去他家的时候，他也失去了往日的热情，语言木讷，行为失常。海琴告诉我，经过检查，一航已患上脑萎缩病了，必须长期疗养。听到这个不幸的消息，我心上不禁泛起一阵悲凉。

之后，我在杭师院工作的几年里，几乎每个星期天都去看他，可是他的情况并未好转，反而愈来愈觉严重，已经到了意识模糊的程度。

在他住院治疗期间，每次我去看他，他听到我的声音，都面带喜色，用微弱的声音喊出我的名字。有一次他还侧过脸来十分吃力地对我说："斯琴！你要保重啊！"我握着他的手，眼泪不禁夺眶而出。

一九九一年九月十四日，来不及道一声别，我的好朋友李一航走了！不无遗憾地走了！

在追悼会上，在省文联派来的代表所宣读的悼词里，我听到有这样一句话："李一航同志，生前也为我党做了一些好事。"就凭这句话，不管怎样，你为人民做出的贡献，已经得到了承认，其他也就无须计较了。

参加追悼会回来，当晚，我心潮起伏，久久不能入睡。索性起来扭亮台灯，写了这样几句诗：

满含清泪入重泉，薏苡明珠意黯然。

一瞬沧桑尘世易，心潮如海夜绵绵。

心潮如海夜绵绵！交织着你的难言之隐和我的难言之痛。逝者如斯！更加使我难以释怀的是不尽的怀念和无限的哀伤。

二〇〇九年九月廿四日于西湖东山之隅

序《观沧楼诗联选钞》

与明道交有年矣！初以文字因缘，相识于湖畔私邸，切磋声韵，倾谈移晷，其所持论，往往深获我心，引为同道。其时尚在历史特定时期，偶有所作，亦仅供自赏。迨拨乱反正后，文艺复苏，故友重逢，于相悲问年之余，为定期聚首，遂决定成立钱塘诗社，自一九八四年起，迄今已二十八年。每年除定期编印报刊外，社员之诗文专著，则另行编印丛书。明道不辞辛劳，力主其事，数十年如一日，其诚敬可见。

明道诗体清新，立意严谨，以真情实感从不同角度反映时代面貌，无间隔之弊，故为人所爱诵。

春，明道以其近作诗联，结集成书，请为作序。其中联语，或借景抒情，或指点江山，寓意深远，多有可诵者。盖联乃诗之核心，律诗中之颔颈两联，实为全诗之主体，明道工于诗，故对联语之撰作得心应手，呼应得体，出手亦自不凡。

愚因衰迈，目力昏翳，执笔为文，极感困难。但读其书，敬其人，自亦有所欲言，况谊在相知，雅命难违，乃乘苦雨初收，晴窗暖日，略书数语为介，未敢言序也。

二〇一二年三月廿四日于西湖东山一隅

附　录

百岁寿庆各地诗友祝贺作品专辑

诗

王留芳①

家邦百载秤西湖，忒重一颗铜铸豆。
抗日投戈忘死生，交心入彀哀争斗。
剡笺填海恨难填，椽笔有神人未有。
张帜钱塘诗誉隆，南山松挺齐天寿。

① 写于壬辰闰月庚午夜。

冷阳春

当年卫国勇从戎，战地采访笔力雄。
岂料功勋如粪土，堪伤天地作牢笼。
培桃育李三更烛，建社擎旗一代宗。
寿晋期颐甘蔗境，蟠桃火枣敬诗翁。

刘新民（四首）

曾经乱世历风云，铁笔悉心作报人。
幸喜晚来风日暖，一身清白话红尘。

风波历尽未沉沦，一片冰心向世人。
自是贤明清正客，纤尘不染赖诗魂。

过从三界[①]历浮沉，饱识沧桑有几人。
天道信然仁者寿，　湖山同贺百年春。

一梦乱离疑幻真，劫余归似烂柯人。
晚来偶说前朝事，指点湖山认旧尘。

① 王老戏称曾历党政军三界。

余秀珍（二首）

人生一世事难占，可喜先生耄耋甜。
更贵期颐犹矍铄，弘扬国粹寿频添。

高尚情操气性坚，领军诗社奋扬鞭。
培桃育李尽心力，当代骚坛一大贤。

张从法

天堂幽居似神仙，长啸春江寿百年。
东晋风流千古擅，西京文字数名篇。
高贤吟诵迷佳句，晚辈闻听不可攀。
词伯期颐诗满筐，乔松凌雪照苍颜。

沈　立①

乾坤日夜期颐越，隽秀诗书今古珍。
风雨沧桑情不老，钱塘自有后来人。

① 写于二〇一二年五月二十五日。

沈国祥

戎马关河报国贞，　钱塘诗帜约鸥盟。
携风笔下松云起，　话雨窗前玉露生。
阑倚西楼胸万壑，　福临东海曙长迎。
同歌击壤相逢意①，高士添筹月举觥。

① 斯琴老《戊子中秋》诗中有句："但得天涯人共寿，同歌击壤更何求。"

沈淑影（二首）

杭城启诗社，白首共芳华。
点拨献心意，吟哦一枝花。

良师益友如兄弟，心赤志贞胸有春。
世上虽多来往客，高风亮节一诗人。

何雨淮

遐龄晋人瑞，海宇誉诗篇。
秋月冰壶洁，懿行仰斗山。

杨荣观

岁寒松柏倚山栽，标格清奇雪里梅。
何计主人青眼待，琴书谈笑自将来。

罗仲鼎

冬尽春来早，欣逢百岁翁。
诗篇传域外，弟子仰宗风。
历劫身犹健，经霜叶倍红。
凌云笔仍在，不必计穷通。

周明道

期颐岁月不寻常，雨雨风风事足伤。
抗战何辞关隘险，深情难护佩环殇。
名居九类无非臭，诗播四方有颂扬。
今喜寿星真福寿，儿孙舞彩献琼浆。

俞浣萍

期颐云级几人登，有我名师在上乘。
寿者能谙通与达，铜丸不怕煮和蒸。
青春勃发驱倭孽，诗法浑成破墨绳。
倍是怀人思缱绻，支离红豆梦难凭。

赵德煌（三首）

漫漫人生路崎岖，长短曲直多分歧。人过甲子多半去，世道七十古来稀。年登耄耋人称寿，出行乘车有人携。期颐百岁是人瑞，万千人中占几些。茶翁王老今百岁，经历曲折堪称奇。甜酸苦辣都尝遍，一生事迹足为师。

七七卢沟炮声隆，日寇铁蹄下江东。全国人民齐奋起，从戎救国志豪雄。东西天目为屏障，英勇杀敌建奇功。抗战八年终胜利，匹马还乡志气宏。①监督战俘修双堤，重现西子秀丽容。继承苏白开创业，惠及杭城展新风。②此后转任监察院，肃贪反腐硕果丰。③

我赋老骥吟，斗志犹未疲。
虽云岁月逝，桃李尽芳菲。
南山松不老，薄酒祝期颐。
且待茶寿到，再来举寿杯。

① 时王老在二十八军工作。

② 时王老任杭州市西湖区区长。

③ 王老曾在“中央监察院”工作，奉命赴沪调查孙科种种劣迹。

胡澍沛

王老九十九，健康又长寿。抗日是功臣，作诗称高手。
我与王老亲，师生兼茶友。品茗圣湖边，翁媪长相守。
闲话忆当年，同领湖山秀。蔗境醉而欢，不愁饭和酒。
南山松不老，东海水长久。今世多人瑞，争作百龄叟。
相约过八年，再来祝茶寿。

高　卓

矍铄斯翁岁月侵，烟云过眼托瑶琴。
青春已逞凌霄志，白首犹存经世心。
锦绣诗文遗德泽，门墙桃李蔚芳阴。
百龄高寿人同仰，诗颂九如杯祝深。

夏洪华(二首)

人生七十古来稀，今日期颐未为奇。
童岁亲朋多散去，老年韵友聚相知。
满腔热血李桃植，一片丹心戎马时。
锦绣山川聊供眼，寿追彭祖继吟诗。

期颐今过且从容，祝贺吾师健似松。
处事乐观能纳福，桃红李艳不邀功。
钻研曲赋诗新作，怀念故人情最浓。
百岁征途尤奋进，春光常照老仙翁。

唐虞夏

舍身报国少年时，一生痴迷只为诗。
唯愿吾师康且健，相期茶寿献琼卮。

章倚文

九九春光任自由，诗痕尤惜鹭同鸥。
千秋松柏常相忆，万绿丛林乐优游。
授业传薪弘远道，莺声未老恰娇柔。
红梅绽放傲霜雪，凤翥龙翔蝶梦留。
烟水钱塘歌永昼，无边风月白苏讴。
高楼共上欢声引，祝嘏东山诗酒筹。

蒋荫焱(四首)

云途远矣九曲，诗星亮兮崇高。
仁者安逾百寿，天教矍铄逍遥。

湖山春好百花妍，拥戴诗翁享寿筵。
青壮为官廉似水，诗文报国笔如椽。
晚晴吟倡钱塘社，老凤声歆西子莲。
天意怜公轻且健，期颐安适向茶年。

心志皎皎媲雪莲，乡贤本是国之贤。
吟诗言志非余事，报国捐身有盛年。
幽谷鸣琴泉吐玉，清声振翅凤翔天。
捧将一卷从头读，佳作长吟意似仙。

百岁吟翁性乐天，焦桐千曲未停弦。
春风座上清而振，寒雨楼头涩尚延。
毕竟风怀属志士，何须日月计流年。
今朝和畅真难得，好听兰音岁岁传。

楼蕊芬

面聆人瑞仰宗风，百载沧桑不老松。
一片冰心育桃李，钱塘诗浪信无穷。

熊正华

诗翁百岁半神仙，不羡功名不爱钱。
一盏清茶香满屋，几行淡墨沁心田。
沧桑历尽怀先哲，耕笔重来启后贤。
身伴湖山居福地，观花听鸟不知年。

词

万静宜

金缕曲

夫子凌云手。笔生花、珠圆玉润，诗篇韶秀。水起风生寻常事，坦荡情怀依旧。蜚声远、义山尘后。劫难已成流水逝。喜而今花好人情厚。惊旧梦，犹眉皱。

山花烂漫园林茂。聚吟俦、寻章琢句，水皋亭堠。西子粼粼苍波远，袅袅柳丝牵袖。好风月、尽情消受。鸥鹭嘤嘤无限乐，爱晚霞一抹山如绣。齐祝嘏，为师寿。

沈兆兰

西江月

诗骨词魂依旧，苍松不老年长。生平作赋唱吟忙，老曲重调神怅。

薏苡明珠成昔，白云苍狗无常。多舛身世仗刚强，筇策从今无恙。

陈惠荣

木兰花

是师是友堪称父，桃李春风松柏树。聆听教诲话诗情，口吐惊人清丽句。

沧桑百岁多风雨，往事如烟成过去。而今盛世庆期颐，祝嘏盈尊醉看酹。

庞万祎

捣练子

松鹤诞，百年翁。毓秀钟灵蕴育中。孙辈芸芸多孝敬，增福添寿乐融融。

杨荣观

鹧鸪天

碧藕冰桃献寿翁，万年枝上夕阳红。安身不弃东山弄，济世长怀北海胸。

耘蕙圃，播芳踪，满园桃李醉春风。霞觞共庆期颐日，再步新程数万峰。

陆雪沧

金缕曲

九九阳春又。正梅开、淡香默默，悄然香漱。磊落情怀赢霜雪，自是倾心真守。明月在、清光信有。含露重寻婀娜影，恐明朝不照峨眉秀。极目望，曲栏叩。

小楼一统无尘垢。对南屏、云舒风卷，层层出岫。锦瑟清泠春江月，梦里一枝依旧。料情韵、义山襟袖。寂寞忍抛诗酒约，看珊瑚折碎殷红透。天浪涌，一铜豆。

高思佶

金缕曲

健笔凌云手。少聪颖、一鸣惊座，气冲牛斗。喋血狼烟遮望眼，马上挽弓射兽。迎海日、风华正茂。又电闪风狂雨骤，忍珊瑚折碎抛红豆。生死劫，未损叟。

冰融兰汛花明后。杏坛中、孕桃育李，植槐栽柳。独坐幽篁云舒卷，大吕黄钟谱就。吟国里、斯琴独秀。有幸傍门承爝火，共清风明月传醇酒。行大礼，康而寿。

夏理宽

浣溪沙

五彩缤纷五月天，百科园艺百花鲜，千红万紫竞争妍。

一派风光开气象，百龄诞庆会群贤。嵩呼华祝嘏绵延。

水木清华松柏姿，百龄盛宴酒盈卮，周觚夏鼎伴商彝。

仁寿山中仁者寿，碧桃园里碧桃肥。盎然欣祝向茶期。

黄心培

寿星明

英禀知行，壮志从戎，慷慨出征。正倭凌海甸，领军抵抗，阵依天目，绝地支撑。气慑金陵，频歼日寇，惩恶锄奸功绩铭。悲龙战，宁辞官办报，解甲离营。

廉贞。幸免牺牲，纵被垢、为人仍坦诚。任衮衣崇左，佞臣倾秽，狂徒诋右，恶棍威狞。心态安然，期颐喜度，风雪千催成寿星。华章在，共三山五岳，万古长青。

联

吴如诚

高山仰止

烽火边天出生入死以笔为戈抗日寇；

书声盈耳沥血呕心因材施教育新人。

蒋荫焱

寿联二副

仁积如山，智行若水，天堂迎百岁，仙鹤引鸣，筹添海屋；

官声似玉，吟韵同金，人世重嘉名，故宫驰骋，誉饮神州。①

铁笔曾扫日伪，诗文存正理，一纪昂藏真国士；

教鞭长传薪火，桃李遍中华，两朝风雨显丹忱。②

① 斯琴翁早年以清廉闻名官场，调任“中央监察院”秘书。

② 王老毕业于“中央新闻研究院”，抗战期间，曾任《扫荡报》特派战地记者，抗日战争胜利后曾任《中国时报》总编。新中国成立后在杭州师范学院执教至退休。

编后记(一)

《王斯琴诗文钞》即将付梓,百岁寿翁嘱作编后记,我何敢辞。

王老是我十分敬重的乡前辈,诗名远播海内外,曾为重建新时期浙江诗坛做出过贡献,创建了钱塘诗社并荣任社长。

我尤为敬重他超卓的品德!

王老年轻时即立志报国。抗战时期以笔为戈,任报刊编辑和战地记者,写了大量军民抗日的报道。抗战胜利后为首任杭州市艮山区区长。当时,艮山门火车站堆满了侵华日军来不及运走的大批物资,有粮食、古董、高级家具等,光上好茶叶就装了整节车厢。他的区公所竟然也是一节车厢,他日以继夜地在车厢里现场办公。他忠于职守,高官上司来索要物品,悉为婉拒,可谓铁面无私也。后调任西湖区区长,放着北山、苏堤诸多高级别墅不要,睡旅馆五尺小床;在百废待兴之际,召集了千余民工并调用日本战俘疏浚了因战乱而荒芜、淤塞的西湖里湖,历时数月告竣——这一善举,至今已很少有人知道了,我曾赋诗记之:

劫后湖山归管领,治荒理政仗廉行。
刈除葑草还波绿,挑尽淤泥复镜明。
种柳二堤增秀色,补梅孤屿植深情。
当年功绩追苏白,霁月光风一样清。

——《西泠佳处忆斯琴翁疏浚西湖》

他以清廉著称于民国官场,受到当时高层重视,一度从事廉政检察工作,又终因看不惯官场腐败成风,弃政从教,洁身自好。

后来他这样的旧官吏自免不了审查、上批斗台。谁知竟然冒出几个不相识的农民，异口同声地说“这个王区长真是个大好人，没有一点官架子，没有他带我们挖西湖，我们几家都只能饿肚子啊”。会场顿时乱了。工作队见斗不起来，免了他站台。

秉权时为国分忧，为民谋利；无权时也居正为善，克尽所能。

二十世纪六十年代初，先生在宁波某农场劳动，一次例行任务——独自将一大车谷子运到市上碾米，归途中忽被数十饥民团团围住，先生深知这一车粮能救人命，最终不顾自己承担难以预想的严重后果，把大米均分给了各家各户。

苍天有眼，仁者寿！

王老虽屡历尘劫，终安然无恙。寿届期颐，实为圣湖人瑞，令人仰羡不已！

先生闲居玉泉，日对青山，读书剪报仍为日课，说话时中气犹足，思维清晰，洵属难得！聆其謦咳，时时能感受到他的坦荡大度、清正耿介、深厚学养、国士情怀。

至于王老的诗，用情纯正，清丽潇洒，深婉绵邈，洋洋大观，诚为骚坛巨擘。

我去年受命，为先生整理、校订诗稿，实乃平生快事、幸事也。现将当时遗漏稿及近十余年诗作合为一编，并纳入若干文稿付梓，定名为《王斯琴诗文钞》。先生诗稿多不纪年，日月既久，颇难正确回忆，谨将诗稿大致加以整理。编竣之日曾占一绝云：

三生幸事仰耆贤，我为琴翁理一编。
久有诗名扬海内，更将薪火与人传。

我也借此代表作者向钱塘诗社参与书稿编辑、打字、联系印务、负责校对、终审等工作的俞浣萍、唐宇振、高丽、陈霞、熊正华、王新华、唐毅华吟友和罗仲鼎教授深致谢忱！

二〇一四年一月十八日

蒋荫焱敬撰于杭州近梅斋

编后记(二)

诗翁王斯琴自二〇〇三年刊出《王斯琴诗钞》,又十三年,在他逝世后一年零三个月的今天,合其后期作品,编成《王斯琴诗文钞》全编新版,分上、中、下三卷。二〇〇三年版为上卷,后期作品为中卷,文为下卷,由浙江工商大学出版社正式出版。

斯琴翁生前即有续编诗集之愿,正式托付蒋荫焱先生"力助编务"。荫焱先生辛苦搜罗既毕,为让翁生前能目睹成书,我钱塘诗社曾发动社员分担电脑输录任务,历时半月,终将翁后期诗作并文合成电子稿,经荫焱先生校定,付斯琴翁家属备印。时翁尚健在,虽人渐消瘦,而仍矍铄有神。其间,因配合抗战胜利七十周年,斯琴翁之抗战报告文集插入在前须政审待印,又家属有出版前后作品合集之愿,故全书之出版迁延至今,而斯琴翁已先此溘然长逝矣。

斯琴翁缠绵病榻之时,曾郑重托付愚夫妇"审理督编"诗钞之事。每念及此,不禁悲从中来。翁逝世已经年,然其嘱托尚萦回耳际,故不敢稍有懈怠。此书由余与荫焱先生分校前后,勉力为之,唯恐有负翁之嘱托。而今诗文钞全编新版已编成付梓,此或可告慰斯琴翁于地下矣。因成《鹧鸪天》一阕,用寄余怀。词曰:

字里行间仔细看。校书犹似晤前贤。百年一世人归去,耽洁唯留锦瑟篇。

云暗淡,水潺湲。水仙池冷黛眉寒。举头不觉年光暮,一叩天钟便隔年。

二〇一六年一月二十二日寒潮大雪

俞浣萍记

图书在版编目(CIP)数据

王斯琴诗文钞 / 王斯琴著. —杭州 ：浙江工商大学出版社，2016.6

ISBN 978-7-5178-1541-9

Ⅰ. ①王… Ⅱ. ①王… Ⅲ. ①诗集－中国－当代 Ⅳ. ①I227

中国版本图书馆 CIP 数据核字(2016)第 025079 号

王斯琴诗文钞

王斯琴 著

策划编辑 任晓燕
责任编辑 沈明珠 白小平
责任校对 张春琴
封面设计 林朦朦
责任印制 包建辉
出版发行 浙江工商大学出版社
(杭州市教工路 198 号 邮政编码 310012)
(E-mail:zjgsupress@163.com)
(网址:http://www.zjgsupress.com)
电话:0571-88904980,88831806(传真)
排　　版 杭州朝曦图文设计有限公司
印　　刷 杭州五象印务有限公司
开　　本 710mm×1000mm 1/16
印　　张 15.5
字　　数 204 千
版 印 次 2016 年 6 月第 1 版 2016 年 6 月第 1 次印刷
书　　号 ISBN 978-7-5178-1541-9
定　　价 48.00 元

浙江工商大学出版社营销部邮购电话 0571-88904970

图书在版编目(CIP)数据